林贤治 主编

Pessoa's
essays

不安之书

〔葡〕费尔南多·佩索阿 著

陈实 译

花城出版社

中国·广州

图书在版编目（CIP）数据

不安之书 / （葡）费尔南多·佩索阿著 ；陈实译
. -- 广州 ： 花城出版社，2021.1（2023.4重印）
（文学馆 / 林贤治主编）
ISBN 978-7-5360-8881-8

Ⅰ．①不… Ⅱ．①费… ②陈… Ⅲ．①随笔—作品集
—葡萄牙—现代 Ⅳ．①I552.65

中国版本图书馆CIP数据核字(2019)第053690号

出 版 人：张　懿
责任编辑：张　旬
技术编辑：凌春梅
装帧设计：林露茜

书　　名　不安之书
　　　　　BU AN ZHI SHU
出版发行　花城出版社
　　　　　（广州市环市东路水荫路11号）
经　　销　全国新华书店
印　　刷　恒美印务（广州）有限公司
　　　　　（广州南沙经济技术开发区环市大道南路334号）
开　　本　880毫米×1230毫米　32开
印　　张　7.5　2插页
字　　数　145,000字
版　　次　2021年1月第1版　2023年4月第3次印刷
定　　价　52.00元

如发现印装质量问题，请直接与印刷厂联系调换。
购书热线：020 - 37604658　37602954
花城出版社网站：http://www.fcph.com.cn

佩索阿

You are not mad, nor even mad-seeming. You are under the presence of a very evil spirit —

He is not [illegible]
He is a man who made

He is interrupted

More

No, not more

佩索阿手稿

关于作者

陈 实

　　费尔南多·安多尼奥·诺盖拉·佩索阿（Fernando Antonio Nogueira Pessoa）1888年在里斯本出生，父亲是政府官员，母亲亦受过良好教育。五岁丧父后，幼弟又于次年夭折，孤独使他创造想像的友伴，这种特殊行为一直持续到他去世。

　　母亲在他七岁时再婚，继父是葡萄牙派驻南非英属纳塔尔首府的外交官，佩索阿离开里斯本随母亲前往南非之前，写了他一生的第一首诗。其后十年，佩索阿受的是英式教育，学业成绩优异，其间亦曾在商业夜校修读簿记和英文商业信札，十五岁在大学预考中以一篇英语议论文获得维多利亚女皇纪念奖。

　　在高等中学修读期间，他接触了许多文学作品，英国文学对他影响深远，特别是莎士比亚、弥尔顿、拜伦和勃朗宁几位诗人；在美国作家中，他比较喜欢的是爱伦坡和惠特曼。在这个时期，他也开始写作，除用英文写诗之外还写小说。

完成中学课程之后，十七岁的佩索阿独自回国进入里斯本大学，可是不久就因学生罢课辍学。自己努力进修，同时为一些对外贸易商行翻译、草拟英文和法文书信，维持独立生活。一方面他继续写诗，经常跑图书馆，读了不少法国诗人的作品，包括波特莱尔、魏尔伦、兰波等，从他发表的第一篇散文《在隔离的森林里》可以看出象征主义对他的影响。另一方面，由于继父的叔父引导，他也读了许多葡萄牙诗歌并且开始用葡文创作，写出一组六首十四行的《美之追求》。

1912年，佩索阿以文学评论家的身份出现，发表了《从社会学角度看新的葡萄牙诗歌》和《从心理学角度看新的葡萄牙诗歌》，两篇文章引起文化界保守势力的围攻。这以后的十年，是佩索阿文学生涯中最公开活跃的时期，他跟一些诗人和画家朋友合力创办过刊物，发表青年作家和自己的作品，与保守势力进行笔战。作为现代主义运动基地的刊物《奥菲欧》，因为缺乏资金，只出版了两期；另一刊物《葡萄牙未来主义》更短命，只出了一期。

进入中年后的佩索阿，作风出现新的改变，慷慨呐喊的形象消失了，形式和内容两方面都更圆熟。在他用英文写的一段札记里有如下的话：

"我现在几乎完全不读定了型的文学作品。……我已经充分掌握文学艺术的基本法则。我不再需要莎士比亚教给我蕴藉，不再需要弥尔顿教给我完美。……我的书全是参考书。我想研究莎士比亚的时候才读莎士比亚。"

1935年，佩索阿去世，那时他只有四十七岁，死因是长期酗酒造成的肝硬化。

佩索阿遗下的一大箱文稿，有诗歌、小说、散文、剧本、翻译作品、文学批评、学术论文（社会学、政治、哲学、语言、心理、占星等等），有英文、法文和葡萄牙文，有打字的，有手写的，有打字夹杂着手写的，其中标明属于《不安之书》的约五百篇，各篇长短不一，长的有好几千字，短的只有两三行，属于提示性质，有待酝酿发展。

佩索阿最初动念写这本书，大约是1913年春天，当时他曾经写信给最亲密的朋友，提到："……太多的意念飞快地在脑里闪现，我只好随身带着笔记本，即使这样，写满的纸页那么多，还是不免遗失，有时因为写得太快，好些字不能辨认。……"（1913年2月1日致马里奥·萨卡内罗的信）

同年8月，佩索阿在"葡萄牙文艺复兴"的机关刊物《鹰》上发表了一篇独立完整的散文《在隔离的森林里》，注明"摘自撰写中的《不安之书》"，作者署名是费尔南多·佩索阿。他对这篇作品似乎相当满意，在1914年写给另一位诗人朋友耶德·德莱布雷-利马的信里说："……我不知道你是否喜欢这种写法。这是完全属于我个人的风格，文章发表之后，朋友们就开玩笑地称之为'隔离的风格'。……"

《不安之书》最初的构思似乎是一本有规模有系统的书，佩索阿遗下的笔记有下面这一页，记载他为这书计划的大纲：

1. 序言

2. 在隔离的森林里

3. 雨景

4. 斜雨

5. 巴伐利亚国王的丧礼进行曲

6. 日记

7. 不安之夜交响曲

8. 早晨

9. 三角形的梦

10. 我们的静默(？) 夫人

11. ……

12. ……

《斜雨》是佩索阿写于1914年3月8日的组诗，所以估计这页没有日期的笔记应该是在完成《在隔离的森林里》之后和动手写组诗之前。另一页没有日期的笔记又显示佩索阿打算把组诗跟别的一些作品一起编进另一本书。佩索阿一生有过许多写作计划都没有下文，如果全部都能实现，也许足以独立成为一个图书馆。

从1913年起计，佩索阿写这本书直到去世，前后共二十二年，其中超过一半篇幅属于去世前的六年，可以想见之前的十六年进展并不顺利。他写给诗人阿尔曼多·科尔特斯·罗德里格斯的几封信中都提到这种情形："……我最近写的主要属于社会学和'不安'。你一定已经猜到，后者是指我那本同标题的书。事实上我已经为这本病理学作品写了若干页，杂乱地、艰难地向前"（1914年9月2日）；"我没有附上最近写的别的一些小品。其中有些不值得寄给你，有些尚未完成，其余都是《不安之书》的零碎章节"（1914年10月4日）；还有"跟我的意愿相反，我的心态强迫我为《不安之书》努力工作。可是写出的全是片断，片断，片断"（1914年11月19日）。书的内容大部分就是这样没有系统地积聚起来的，许多标志着"不安之书"的原稿，已经超越原来拟定大纲的范畴，对于主张"无为"的佩索阿，情况似乎已经难以控制，所以无论什么性质的作品，凡是一时不能归类的，一概加上"不安之书"的标记，连写给母亲的信也包括在内。他在1932年7月28日写给文学批评家约多·加斯帕·西蒙斯的信上说："《不安之书》有许多地方需要修改和重新组合，我真的难以期望自己在一年内完成这个工作。"

不同时期的佩索阿在不同作品中所用的署名，共有七十多个，其中十之一二（约十一二人），用他的话说，并不是笔名，是"异名的我"的名字，这些"他我"各有不同的身世、个性、信仰、职业和风格，而其中地位最重要的四位，是大家熟悉的三位诗人——卡埃罗、雷斯、坎波斯——和本书的作者贝尔南多·苏阿雷斯。卡埃罗早死，雷斯随后移民，与佩索阿相随至死的只有坎波斯和苏阿雷斯，不过佩索阿认为后者只是他的半个"他我"，其余半个还是他的"自我"，因为"他的个性气质是我的不完整版本"。此外，两个人都是商业机构的职员，都是单身汉，都在同一个旧商业区的公寓租房间住，一生都只恋爱过一次……佩索阿还说，"他的文笔跟我一样，只是缺乏我那种理性的克制"。如果拿两人的姓名做比较，我们会发现，佩索阿的名字Fernando（费尔南多）与苏阿雷斯的名字Bernando（贝尔南多）都由八个字母拼成，其中只有第一个字母不相同；两人的姓Pessoa和Soares都是六个字母，也只有一个字母不相同，只要把Pessoa的头一个字母P改为R，然后连同第二、三个字母移到后面，或者把Soares的第四个字母r改为p，然后连同其后两个字母移到前面，两者就完全相同了。看来佩索阿为这本书的作者选择名字时曾经花过心思。不过苏阿雷斯并不是他的第一个选择，最初为本书作者选的名字是文森特·格德斯，遗稿中有另一篇《序文》，其中开头一段是：

"我认识文森特·格德斯，完全是偶然的机会造成。我们都经常在同一家不昂贵而幽静的食店用膳。见得多了，就自然地点头招呼。有一天，我们凑巧同用一张桌子，随便交换了几句话，以后就交谈起来。然后，我们每天午饭和晚饭都在那里会面。有时我们晚饭后会一起离开，散一会儿步，边走边聊天。"

在另一篇属于序言性质的文字里，后半部分亦有文森特·格德斯这个名字出现：

"这本书是一个从来不存在的人所写的自传。
"没有人知道文森特·格德斯是谁，做过什么事或者……
"这本书不是他的著作，这本书是他自己。可是，让我们永远不要忘记，无论书页上写着什么，阴影里总有蠕动的玄秘。

"对文森特·格德斯来说，自我认知是一种艺术和一种道德，做梦是一种宗教信仰。

"他绝对是贵族精神的创造者——最类似真正贵族体态的灵魂的姿态。"

最后一段使人想到《不安之书》好几篇文字都写过王子、公主、骑士、侍从等与贵族有关的人物，不知道是不是可以为佩索阿遥远的贵族血统做旁证。

佩索阿在城市出生，在城市长大，但他回忆里的"失去的童年"，背景却是乡村——沼泽地、池塘、芦苇、野鸭、农庄、井和水池，还有古老的屋子，里面有年长的妇女用钩针编织或者玩单人纸牌游戏。在这些描写里，梦和现实没有清晰的界线，是现实生活里的梦，也是梦里的现实生活；现实也好梦也好，都只是佩索阿内心独白的舞台背景，不必认真划分。《在隔离的森林里》写的是朦胧的梦，《单人纸牌游戏》写的是回忆里的现实，可是原稿上面却有"标题：《单人纸牌游戏》（归入《在隔离的森林里》？）"两行字，可见二者的基本性质在作者眼里并无分别。博尔赫斯在一篇探讨时间的文章里曾经引过叔本华的一句话："梦和现实都是同一本书的书页，顺次序读是现实，随意翻阅是梦。"（他的短篇小说《沙之书》可能就是从这句话得来的灵感）佩索阿是叔本华的读者，说不定也受影响，说不定他就是想写一本让人胡乱翻阅的书，所以原稿上绝少像他的诗一样注明日期。

无论从什么角度看，《不安之书》都不像已经完成的书，里面的许多篇章也不像已经完成的篇章，甚至还有留着空白等待填补——译文里用"……"表示——的不完整句子，但是全部加起来，却能完整地描画出一个人的灵魂。佩索阿去世那年，曾经为自己起过一个占星命盘，认为可以活到1937年，即还有两年寿命（据说，他的一位研究占星学的朋友看出他的计算有错误，但不忍心说穿），所以打算用这两年把所有未发表的作品整理成书出版；计划出版的第一本书是诗集，第二本就是《不安之书》。如果经过增、删、修改，这书的篇幅可能增加若干倍，也可能缩小成为若干分之一，我们不知道。现在这里选择的大约只有全书原稿的三分之一，为了避免让内容过于杂乱，许多专门性质的篇章，例如文学批评、学术讨论、读书札记等，还有一些非译者的学识修养所能译的文字，都只好割爱放弃。

8   在编排次序方面，因为文稿在箱子里是随便堆放的，没有一定的规律可循，所有研究佩索阿的专家学者也没有一致的看法，似乎无论怎样排列都难望正确。也许最理想的办法是用活页形式印刷出版，让读者自己安排次序，不过这种想法并不切合实际，只能希望读者接受这种没有秩序的秩序。

二〇〇五年三月

作者序言

里斯本一些外观相当体面的酒馆，楼上都说有食肆。这些餐室就像没有铁路的小镇食店一样，充满朴素的家乡风味。除了星期天，顾客都不多，其中不时会有些外表平凡的怪人，人生舞台上的闲角。

有一段时期，由于经济能力有限而又要求清静，我成为某家这种一楼餐室的常客。每次我在七点钟左右到那里用晚饭的时候，几乎都看见同一个人。起初我并不在意，后来慢慢对他发生了兴趣。

他身材高瘦，约三十岁。坐着的时候弓着背，站起来却不那么显眼，衣着属于不完全随便的随便。他苍白而没有特点的面孔有一种受苦的表情，既不会引起别人的兴趣，也不能透露受的是什么苦。这表情似乎暗示各种不同的坎坷遭遇、忧患以及饱经沧桑之后的冷漠所带来的悲痛。

他吃得不多，餐后会抽一支自己手卷的纸烟。他毫不掩饰地观察其他顾客，并非怀着疑心而是怀着稍稍超过正常的好奇。他的观察并非为了审查，只是为了兴趣，目的不是分析他们的行为或者记住他们的形貌。正是这种特点让我对他发生了兴趣。

我开始仔细观察他，我发觉有一种英气能以某种难以言谈的方式使他的五官显得生动。然而因为他整张脸都笼罩着落寞——凝聚的寒冷的悲苦——所以再难发现其他特点。

我偶然从一个侍应那里听到，他在附近一家公司工作。

有一天，下面大街发生了事故——两个男人互殴。一楼食店的人，包括我和上文描述的那个人，都挤在窗前看热闹。我随口跟他说了几句话，他也随口回应了我。他的声音是犹犹疑疑的，平淡的，就像一个已经完全没有指望而不抱任何期望的人。不过，我这样看我的晚餐同伴，也许是荒谬的事。

不知道为什么，这次之后，我们就互相招呼了。然后，有一天，也许因为大家都迟至九点半才到食店这个可笑的原因，竟然交谈起来。他问我有没有写作，我说有。我提到刚出版的文学评论刊物《奥菲欧》。他称赞它，大大称赞它，我觉得意外。我告诉他，我很惊奇，因为《奥菲欧》的撰稿人只对少数人说话。他说，也许他就是少数人中的一个。他又说，这种艺术对于他并不完全陌生，又带点难为情地说，因为没有地方可去，没有事可做，没有朋友可以探访，又没有兴趣看书，他平时晚上都留在租住的房间里，用写作打发时间。

他的两个房间放着近乎豪华的家具，无疑，不能不牺牲一些基本必需的东西。他特别花过心思挑选座椅，它们都柔软，有厚垫。他也特别着意窗帘和地毯。他解释说，在这样的屋子里可以"为沉闷的生活保持尊严"。在现代化装饰的屋子里，沉闷生活就是不安和肉体痛苦。

从来没有什么可以驱使他做任何事。他的童年是独自度过的。他没有参加过任何团体。他没有修读过任何学科。他从来不属于任何社群。他的生活环境有一种奇怪但是普遍的现象——事实上也许是所有人的生活环境都有的——正好适合他倾向慵懒、孤僻之类的本能。

他从来不必面对社会或者国家的要求。他甚至逃避自己本能的要求。从来没有什么可以驱使他结交朋友或者谈恋爱。在某种程度上，我是他唯一的亲密朋友。可是，即使我常常觉得自己在应付一个虚伪的人，也觉得他并不真正把我看作朋友，我仍然一开始就知道，他需要一个人让他付托他留下的这本书。起初这很使我烦恼，但我现在很高兴能够从心理学的角度 去看事情，仍然把他看作朋友，尽力完成他把我牵涉在内的目的——出版这本书。

在这方面，客观因素也对他有利，因为环境把我这种性格对他有用的人带给他。

目录 contents

标 题 部 分

无 标 题 部 分

3

5

附 录

标题部分

自我检验

　　人在梦里过虚伪生活，毕竟还是过生活。舍弃是一种行为。做梦是需要活的自白，不过让不真实的生活代替真实的生活，借此满足不可遏抑的活的渴望。

　　归结起来，这一切不就是寻找幸福吗？难道有人寻找别的东西？

　　不断做梦和没完没了的分析带给我的，跟生活带给我的东西，有什么基本的不同？

　　遁世没有帮助我发现自己，也没有……

　　这本书讲的是灵魂的一种景况，经过所有角度的分析和所有方面的调查。

　　这态度可曾带给我们什么起码的新东西？我连这样的安慰也没有得到。一切都有人说过了，在赫拉克利特①的话和《传

────────────

　　①Herakleitos（约公元前540—公元前480至公元前470之间），古希腊哲学家。

道书》①里："生活是沙上的儿童游戏……""精神的虚空和苦恼……"也在可怜的约伯②一句话里："我的灵魂厌倦了我的性命。"

我倾听自己做梦。我用各种形象的声音哄自己入睡。我内心的旋律拼出（……）音。

跟这些形象共鸣的一个短句，抵得上许多姿态和手势！一个隐喻能说明许多道理！

我倾听自己……我的内心世界有庆典，游行队伍……为我的苦闷做装饰的闪亮珠子……化装舞会……我用惊讶的眼光观察自己的灵魂……

零碎组合的万花筒……

印象深刻的辉煌感觉……空城堡里的皇家寝床，死去的公主遗下的珠宝，从碉堡枪眼窥见的海岸弯角……光荣和权力必将降临，最快乐的灵魂流放时会有随从……沉睡的乐队，用（……）线刺绣的绫罗绸缎……

在帕斯卡③：
在维尼④：在你身上……

①见《圣经·旧约》。

②见《圣经·旧约》。

③Blaise Pascal（1623—1662），法国数学家、物理学家、哲学家。

④Alfred Vigny（1797—1803），法国诗人。

在阿密叶①，阿密叶这么完全地……（一些短句）……

在魏尔伦和象征主义者：……

我难受，我的难受没有什么源头……我所做的，以前已经有数不清的人做过……我的苦是老生常谈……我为什么还要想这些，既然那么多人已经想过，而且已经吃过苦头？……

可是，我毕竟引出了一点新的东西，虽然它不是我的创造。它从黑夜里来，像星子一样在我里面发亮……无论怎样努力，我不可能造出它，也不可能熄灭它……我是两种玄秘之间的桥，我不知道自己是怎样建造的。

---

①Henri-Frederic Amiel（1821—1881），瑞士哲学家。

我们的静默夫人

　　有时，在沮丧绝望的时候，我连做梦的能力也会干枯，唯一可以做的梦是回味以前的梦，像翻阅一本书那样逐一翻阅它们，但是见到的只是字。于是我问自己，你是谁呢，你这个越过我朦胧视野中那些未知的风景和古代内陆和静默游行队伍的形象，到底是谁。在我的每一个梦里，你都会以梦的形象出现，或者以虚假的真实陪伴我。跟你一起，我去的地方也许是你的梦境，也许是你不存在的非人的身体，你融化成为幽静的平原和某片秘密土地上的荒山的身体。也许除了你，我没有别的梦。这些不可能的风景，这些盘踞着我厌倦的阴地和不安的洞穴的苦闷，是我把面孔靠近你的时候在你眼里看到的。也许我梦见风景是因为避免梦见你。我不知道你是谁，但是，难道我确实知道自己是谁吗？我真的清楚做梦的意思，清楚到能把你唤作我的梦吗？我怎么知道你不是我的一部分，甚至是我的真正主要部分？我怎么知道自己不是梦而你并不是真实，怎么知道不是你梦见我而是我梦见你？

你过的是什么生活？我用什么方式看见你？你的侧面？它永远是不一样的，却又从来不变。我这样说是因为我熟悉它，虽然我不知道自己熟悉它。你的身体？无论赤裸或者穿着衣服，都是一个样子，无论是坐着、站着或者躺着，也是一个样子。这没有意思的，是什么意思？

我的生活这么可悲，我连想都不想为它哭；我的日子这么虚伪，我连想都不想改变。

我怎能不梦见你呢？流逝岁月的夫人，死水和腐草的圣母，无涯沙漠和荒山悬崖的守护女神——请拯救我脱离我的青春。

绝望的人的慰安者，从不哭泣的人的眼泪，永不敲响的钟点——请拯救我脱离欢乐和幸福。

一切静默的鸦片，没有人拨的琴弦，距离和流放的彩色玻璃窗——让我被男性憎恨，被女性鄙视。

临终涂油礼的铜钹，不接触的爱抚，躺在黑暗地面的死鸽子，做着梦耗掉的灯油——请拯救我脱离宗教，因为它甜蜜；脱离无信仰，因为它力量强大。

下午软垂的百合花，纪念品盒子里枯萎的玫瑰，两次祈祷之间的沉默——请让我憎恨自己活着，厌恶自己健康，鄙视自己年轻。

迷糊梦想的避难所啊，请让我成为无用和无能；悲哀经验的流水啊，请让我变成没有理由的纯洁，变成冷淡的虚伪；不安的连祷文啊，厌倦的大弥撒啊，荆冠啊，圣水啊，升天啊，请将我的嘴巴变成结冰的风景，将我的眼睛变成死水池，将我的动作变成朽树的缓慢死亡！

多么可惜，我只能把你看作女性而祈祷，但不能（……）把你当作男性去爱你，也不能像那些从来没有进过天堂的、没有真实性别的天使那样长久地望着你！

向你祈祷是献出我的爱，因为我的爱就是祈祷文。可是我并不把你看作恋人，也不把你高举看作圣女。

愿你的行为成为"舍弃"的雕像，你的举动成为冷漠的基座，你的言语成为彩色的玻璃窗。

你的性属于梦的形式，属于（……）形状的、不育的性。有时是隐约的侧影，有时是一种姿态，有时又只是一个细微的动作——你是一个瞬间，是一种姿态，精神化而属于我。

内心静默的圣母啊，我梦见你，并非因为被你的性、被你虚无缥缈的袍子里的肉体所吸引。你的乳房不是被人想像去亲吻的那一种。你全身虽是灵魂的肌肉但仍然是身体而不是灵魂。你的肌肉没有精神的本质，它本身就是精神。你是堕落之前那个女人，仍然是用（……）乐园的泥土造成的塑像。

对于有性别的真实女人的惊惧引导我来到你这里。尘世的女人必须承受男人变化的体重才能够（……），人怎么能够爱上她？对于为（……）性服务的欢愉，只要瞥上一眼，爱怎能不枯萎？谁能够尊敬妻子而不想到她是个行淫的女人？谁能够不鄙视自己那么可憎地从母亲的阴道出生？当我们想到灵魂的肉体根源，想到带我们的血肉之躯来到这个世界的那种不安静的躯体的（……），谁能不鄙视自己？无论那血肉之躯多么可爱，到底还是因为它的根源而变得丑陋，因为它被分娩出来而变得可憎。

实际生活中有些虚伪的理想主义者为妻子写诗，向母亲的意象下跪……他们的理想主义是伪装的斗篷，不是有创造性的梦想。

只有你是纯洁的，梦夫人，我能想像你是一个情人而不联想到任何不洁的东西，因为你并不真实。我能想像你是一个母亲并且崇拜你，因为怀孕或者分娩的恐怖从未玷污过你。

只有你是值得崇拜的，怎能不崇拜你？只有你是值得爱的，怎能不爱你？

也许我凭借做梦创造了你，另一种现实里的真实的你；也许就是在那种现实里，在另一个纯洁的不同世界里，你是属于我的，我们相爱而不牵涉有形的身体，有另一种拥抱，另一种理想的占有方式。也许我没有创造你；也许你早已经存在而我只是在另一个完美的世界里用另一种视觉——纯粹的、内在的——看你。也许我梦见的不过是发现你，而我爱你不过是想着你。也许我鄙视肉体和厌恶爱情是我不知道有你的时候等待你的一种朦胧的欲望；也许那鄙视和厌恶也是我不知有你的时候已经爱上你的一种不安的希望。

甚至还可能是我在某个不肯定的地方已经爱上了你，而我对于那爱的怀恋让我目前生活中的一切变成苦闷。也许你只是我对某些事物的思念，是某种缺失的具体化，是某种距离的呈现，因为一些跟女性不相干的理由而具有女性的气质。

你在我心里可以是处女又是母亲，因为你不属于这个世界。你抱着的小孩从来不曾小到因为被你怀在子宫里而受玷污。你从来不曾跟现在的你有任何不同，所以你怎么可能不是处女？我可以同时爱你和崇拜你，因为我的爱并不占有你，我的崇拜并不使我疏远你。

请成为永恒的白昼，用你太阳的光线造我的日落，跟你永不分离。

请成为看不见的黄昏，把我的不安和渴望用作你迟疑的光线和你不稳定的色彩。

请成为绝对的黑夜，唯一的黑夜，让我在其中完全迷失并且忘记自己，我的梦在你遥远和否定的身体上像星星一样发光。

让我成为你袍子上的皱褶，成为你后冠上的宝石和你戴着的指环里奇怪的黄金。

让我成为你壁炉里的灰，成为尘土有什么不好？或者成为你房间里的窗，成为空间有什么不好？或者成为你铜壶里的（……）时辰，成为过去而属于你，死去而属于你而存在，失去你而因为失去而发现你，有什么不好？

荒谬事物的女主人，胡言乱语的信徒啊，但愿你的静默是我的摇篮而你的（……）悠我入睡。天界的先驱夫人啊，"不在"的女王啊，静默的处女母亲啊，寒冷灵魂的壁炉石啊，失望者的守护天使啊，悲哀和永恒完美的人间不真实的风景啊，但愿你用纯粹的存在摩挲我抚慰我。

巴伐利亚国王路德维希二世的丧礼进行曲

今天，死神到我家来推销，比以前流连的时间更长。比以前更慢的动作，她在我面前展示地毯、遗忘的丝绸和细麻布，还有她的慰藉。她对展示的物品露出满意的笑容，并不介意让我看见她笑。可是我觉得想买的时候，她就马上表示它们是非卖品。她来，并不是希望我想得到她展示的东西，而是希望利用那些东西使我想得到她。她说，那些地毯是用来装饰她遥远的宫殿，丝绸是在她的黑暗城堡里穿的，而她在虚无世界居住的地方，有比我所见的更好的细麻布遮盖圣坛的祭器。

她温和地解开我和质朴而毫无修饰的家之间的联系。"你的壁炉，"她说，"没有火，何必要壁炉？""你的桌子，"她说，"没有面包，何必要桌子？""你的生活，"她说，"没有朋友没有伴侣，何必留恋生活？"

她说："我是冷壁炉里的火，是空桌子上的面包，是寂寞和被误解者的忠心伴侣。这个世界失去的光荣，是我黑色领土上的骄傲。在我的王国里，爱情永远不会使人厌烦，因为它不要求占有，也不会因为永远不能占有而失望痛苦。我用手轻抚思想者的头发，他们就会忘记；期待落空的人靠近我的胸怀，最后都会信任我。

"世人对我的爱里面没有毁灭性的欲念成分，没有让人发疯的嫉忌，也没有污染记忆的善忘。爱我就像夏夜一样平静，乞丐们在这样的晚上露宿，看起来像路旁的石头。我的嘴巴不会唱海妖的歌，不会唱树和泉水的旋律，但是我的静默像隐约的音乐一样欢迎你，我的静止像沉睡的和风一样抚慰你。"

"你对生活，"她说，"有什么牵挂呢？爱情不跟随你，荣誉不追求你，权力不来找你。你承继的房子是颓垣败瓦。你得到的田地，第一次收成已经死于霜冻，而且它们的未来也已经被太阳晒死。你在农庄的井里从来找不到水。在你看见树叶之前，它们已在水池里霉烂；你未曾踏足的大路小径都长满野草。

"可是，在我由黑夜统治的领土上，你会得到慰藉，因为你已经停止希望；你可以忘记，因为你的欲望已经死去；你终于可以安息，因为你已经没有生命。"

于是，她给我解说，人出生的时候并没有能够看见好日子的灵魂，因此盼望好日子是没用的。她又给我解说，做梦不会给人安慰，因为梦醒的时候生活会更痛苦。她说睡眠不是休息，因为里面有许多妖怪、魅影、鬼魂的形象、欲望的死胎和生活中海难船的漂浮残余物。

她一边说话，一边慢慢地——比任何时候更慢——折叠那些引诱我视线的地毯，使我的灵魂垂涎的丝绸，还有已经沾上我的眼泪的祭坛细麻布。

"既然注定要做你自己，何必学别人的样？如果你哭的时候知道衷心感觉的快乐是假的——因为它起因于你忘记自己是谁——为什么笑？如果你知道哭没有用，如果你哭不是因为眼泪可以解忧而是因为知道眼泪不能解忧，为什么哭？

"如果你笑的时候是快乐的，那么你笑的时候就是我胜利了；如果你快乐是因为忘记了自己是谁，那么，请你想想，当你跟我在一起而什么都记不起的时候会有什么更大的快乐！如果你睡觉的时候偶然因为没有梦而得到充分休息，那么，请你想想，在我永远没有梦的床上睡觉会得到什么更充分的休息！如果你有时因为见到美而忘记自己、忘记生活而感觉昂奋，那么，在我的王宫里，在黑夜之美永远和谐永不衰老永不腐败的王宫里，在我的殿堂里，在帘幕不会被风吹皱、椅子不会蒙尘、天鹅绒和丝绸不会因光线照射而褪色、干净的白墙不会因岁月流逝而发黄的殿堂里，你会感觉什么更高的昂奋！

"到我的好意里来吧，它永远不会改变；到我的爱里来吧，它不会完结！在我没有底的杯子里喝最美的甘露吧，它不辣不苦，不油腻也不使人恶心！从我堡垒的窗子向外望，不是为了欣赏月色和海景——因为好看，所以不完美——而是为了欣赏母性的深沉的夜，以及无底深渊完整的光华！

"在我怀里，你甚至会忘记你到来之前所经历的痛苦道路。依偎着我你甚至会感觉不到促使你来找我的爱。在我的王座旁边坐下来，你会成为永远废不掉的、玄秘和圣杯的帝王，你将与诸神和命运同存，你会跟他们一样，你会成为空无，你会没有现在也没有将来，你会不再需要你拥有的东西和缺乏的东西，甚至不再需要使你满足的东西。

"我会成为你的母亲妻子，成为你早已失散的孪生姊妹。把你所有的忧虑许配给我，把你对自己要求而得不到的一切托付给我之后，你就可以在我神秘的本质里，在我预先放弃的生命里，在我让灵魂溺死的胸怀里，在我让诸神消失的胸怀里失去自己。"

疏离与弃绝的至高无上国君，死亡与海难的帝王，在尘世的废墟和荒原上高视阔步的、活的梦想！

光华与绝望的至高无上国君，不满足的宫殿里悲怆的主人，永远无法抹杀生命的行列与巡游的指挥者！

从坟墓升起的至高无上国君，乘着黑夜的月光到来，向活人讲述你的身世，花瓣剥落的贵族百合卫士，冰冷象牙的皇家信使！

守护者至高无上的牧人国君，没有荣誉甚至没有贵妇可供侍奉的骑士，月色里大路上的游侠，森林和山坡的主人，一个闭上面盔的沉默影像，穿行于山谷之间，在村落被误解，在乡镇被嘲笑，在城市被鄙视！

死神献祭给自己的至高无上君主，苍白而可笑。被遗忘而不可辨认，在残旧的丝绒和发黑的大理石之间，坐在"可能"边沿的王座上执行王权，周围是他不真实的影子朝廷，由想像的神秘无兵军队保卫。

使者、宫女和侍从，带你们的酒杯、盘子和花环来吧！带它们来参加死神的宴会吧！带它们来，穿黑色的衣服，头上戴着常春花冠。

在酒杯里装上曼德拉草的根，在盘子里放（……），用（……）的紫罗兰和各种引起悲思的花编织花环。

国君会跟死神在山上她那座远离生活，与世隔绝的王宫里一起进餐。

让那些为盛宴排演的乐队用奇怪的乐器奏出催人流泪的音乐，让仆役穿上不可知颜色的庄重制服，华丽然而简单，像伟大人物的灵柩车。

宴会开始之前，让穿深紫色袍子的长串随从在各大公园的林荫路举行静默的祭典巡行，像噩梦里经过的美女。

死亡是生命的胜利！

我们寄生命于死亡，因为告别死去的昨天，我们今天才能生存。我们寄希望于死亡，因为我们知道今天必会死去，才有明天的希望。我们做梦的时候也是寄生命于死亡，因为做梦是否定生活。我们活着的时候寄死亡于死亡，因为活着是否定永恒！死亡引导我们，死亡寻找我们，死亡陪伴我们。我们拥有的全部是死亡，我们想要的全部是死亡，死亡是我们期望得到的全部。

一阵警惕的和风掠过偏厅。

他来了，没有人看得见的死神和永远来不到的（……）陪伴着他。

信使们，吹响你们的号角吧！肃立！

你对于梦想事物的喜爱，是你对于日常事物的轻蔑。

轻视爱情的处男国君，

鄙弃光明的影子国君，
拒斥生命的梦幻国君！

在浑然一片的锣鼓喧声中，帝王啊，冥界向你欢呼！

在隔离的森林里

我知道自己醒了却仍然睡着。我已经活累了的古老身体告诉我，时间还早……我有一种遥远的、发烧的感觉。我觉得受自己所压，但不知道为什么……

我半睡半醒地停滞在一种清楚的、十分非物质的混沌状态，在一个仅仅是梦的影子的梦里。我的注意力在两个世界之间浮动，茫然看到海和天的最深处；这两个最深处互相混合、交错，而我不知道自己在什么地方，也不知道自己梦见什么。

一股影子的风把死意欲吹的灰吹过我清醒的部分。温暖的沉闷露水从没有人知道的天幕滴下。一种巨大而无力的焦虑从我的灵魂筛下并且无意识地改变了我，一如风改变了树尖排列的绿条。

在我这暖洋洋懒洋洋的房间里，将来临的破晓还只表现为微明。我心里充满安静的混乱……天为什么一定要亮？……知道天会亮是一种负担，仿佛我必须做一点什么黎明才会来临。

慢慢地，似乎昏昏沉沉地，我平静下来，然后变得麻木。

我在半空浮游，不睡也不醒，发现自己沉没在不知道从什么地方出现的另一种现实里……

这新的现实——一个奇怪的森林——并没有抹杀我这温暖睡房的现实。在我完全被吸引的注意力里，两种现实像两股气流一样并存。

而那颤动而透明的景色显然同时属于两种现实！……

可是这个跟我一起，用她的视线打扮异地森林的女子是谁呢？为什么我停止自问？……我甚至不知道该怎样去想……

这朦胧的寝房是一块黑玻璃，我透过它看风景……我早已熟悉这风景而且已经跟这不认识的女子一起走了好长一段时间，透过她的非现实漫步于另一种现实。在内心深处，我能感觉自己熟悉这些树木、花草、多岔的小径，还有在那里漫步的、古老而清晰可见的我，已经有许多个世纪——视象由于我意识到处身于寝房而稍觉模糊。

我在那森林里远远看见并且感觉到自己，有时微风会吹散薄雾，那雾就是我所在寝室的黑暗而清晰的景象，布置着模糊可见的家具、帘子和夜晚的昏沉。风停的时候，另一个世界的风景又恢复自己完整的面貌……

其他时候，这小房间只是那另一片工地边沿上的一层灰雾……有时这可感触的睡房又会是我们在另一个国度里践踏的土地……

我入梦，就把自己双重丢失，成为我和那个女子……我被无比疲倦的黑色火焰焚烧……我被一种巨大的、被动渴望的生命所禁锢……

污染的幸福啊！……十字路口永恒的徘徊！……我做梦，

在我的意识背后有某人跟我一起做梦……也许我只是不存在的那个某人的梦……

外面的黎明多么遥远，而森林距离我的眼睛多么近！

远离森林的时候，我会忘记它，可是在森林里的时候，我却怀念它，在那里漫步时我会哭泣并且渴想它……

那些树！那些花！那些树丛里的小径！……

我们有时手拉手在矮灌木丛里的杉树下面随意散步，我们都不去想生活。我们的身体是丝丝的香气，我们的生命是流泉的回声。我们手拉着手，我们的眼睛探索声色的感觉并且尝试实现肉体之爱的幻觉……

我们的花园有各种美丽的花：皱边的玫瑰、白中带黄的百合、不露出深红就看不见的罂粟、花床最外沿的紫罗兰、柔细的勿忘我、没有香味的山茶……在深深的草丛上面，孤单的向日葵对我们惊讶地瞪眼。

我们两个灵魂是纯粹的视觉，它们爱抚清凉的苔藓，在经过棕榈树的时候，我们凭直觉知道有另外一些土地……这样想着，眼泪就会涌出来，因为在这个地方，我们即使在快乐的时候也并不快乐……

长着几百年节结的老橡树，让我们绊倒在它干枯的粗根上……梧桐树绝对静止……通过附近的树木，我们看见远处棚架沉默地吊着串串黑葡萄……

生活的梦想在我们前面飞，我们以相同的冷漠看着它，彼此会心微笑。我们互不相望，只凭两臂相交的感觉体会彼此的存在。

我们的生命没有内在空间。我们是外在的，相异的。我们不再认识自己。仿佛经历一场梦的旅行之后回归自己的灵魂。

我们忘记了时间，辽阔的空间在我们眼中变得渺小。除了附近的树和远处的葡萄和地平线上最后的山，还有什么真实的东西，什么值得想看的存在物？……

在我们不完整的漏壶里，持续不断的梦之水滴，计量不真实的时辰……什么都不值得我们花时间，我遥远的爱啊，除了去体会什么都不值得花时间那种美好的感觉。

树木静态的活动；流泉不安的平静；叶汁深沉脉动的细微呼吸；不降于万物而由万物引生的、把精神血缘的手伸向远方沉默天堂的悲哀（这么接近我们的灵魂）的、迟来的黄昏；树叶不断无意义地飘落，点滴的距离，其中的风景只出现于我们的听觉，并且在我们心里带出悲哀，像记忆里的家乡——这一切都不稳定地绕住我们，像一根正在松开的腰带。

在那地方，我们活在不可能流动的时间里，活在做梦都不能量度的空间里。在时间之外的流动，一个违反正规空间的空间。徒然为我的苦闷做伴的朋友啊，我们在那里度过那么多时光！假装属于我们的、那么多时光的欢乐的不安！……所有那些时光的精神死灰，那些空间怀恋的日子，那些外界景色的内心世界……而我们没有问那是为了什么目的，因为我们知道完全没有目的并且因此高兴。

在那里，我们凭借不属于自己的直觉知道，我们处身的这个可悲的世界（假如它确实存在），是在最远的模糊山线之外，而且我们知道，那山线之外空无一物。这个矛盾使我们在那里度过的时间黑得像某个迷信国度的洞穴，我们对这个矛盾的感知是怪异的，就像秋天黄昏天空下一个摩尔城镇的侧影。

　　没有人知道的大海，在我们听觉的水平线上拍打我们永远看不见的海滩，听到并且在内心见到古代的帆船在那海上航行，是一种快乐，它们扬帆的目的有别于地球上实际有用的目的。

　　像人们醒悟自己活着一样，我们忽然发觉空气里充满鸟叫，而到处都是树叶响亮的沙沙声——仿佛古老的香水洒在绸缎上——那是意识的感觉多于听觉。

　　这样，树的细语、鸟鸣和遗忘了的单调的永恒海浪，为我们放弃了的生活造出一个不再认识生活的光环。我们在那里睡着度过一些清醒的日子，满足于卑微、无欲无求并且忘却爱的颜色和恨的味道。我们觉得自己得到了永生……

　　对于在那里度过的时间，我们有新的感觉，那是因属于空虚的不完整而成为完整的时间，是与生活的长方形固定相对的斜体……过气王族的时间，裹着破旧紫袍的时间，从另一个世界堕落这个世界的时间，自夸含有更多零碎忧虑的时间……

　　享受那一切是痛苦的，真正痛苦的……因为流放虽然平和，风景却让我们记起自己属于这个世界，到处是一种迷蒙厌倦的浮夸湿气，悲哀、巨大而反常，像什么无名帝国的腐化……

　　早晨的光影在我们卧房的窗帘上。我两片嘴唇（我知道它们是苍白的）闭合时的感觉似乎是不想活了。

　　我们这中性房间里的空气沉重得像门帘。我们对这一切的神秘性漫不经心，就像一件袍子在暮色里拖过庆典的地面。

　　我们所有的盼望都没有存在的理由。我们热切的眼光，是我们长着翅膀的惰性所允许的荒谬。

我不知道我们的身体涂什么半明半暗的油膏。我们所感觉的倦怠是倦怠的阴影。这感觉来自遥远的地方，好比我们活着这种想法……

　　我们两个人都没有可信的具体存在或者名字。假如我们能开声让自己想像在发笑，我们一定会笑自己相信有生命。床单上烘暖了的凉意摩挲（你和我）我们互相贴近的赤脚。

　　让我们从生活和生活方式的迷梦醒过来。我们爱啊，让我们摆脱自己……让我们永远不脱去手上的魔术指环，转动它可以召唤静默仙子和黑暗精灵和遗忘的妖怪……

　　我们刚想起森林，它就再度在眼前出现，跟以前同样浓密，但是因我们忧愁而更忧愁，因我们悲哀而更悲哀。它一出现，我们对于真实世界的想法立即烟消云散，在那神秘森林的梦幻漫游中，我重新主宰自己……

　　那些花，唉，我度过的那些花的日子！我们的眼睛一看就认得并且能喊出名字的花……让我们的灵魂采集——从它们好听的名字采集，不是从它们本身采集——香气的花……名字轮流被呼唤就会变成声音洪亮充满香氛的乐队的花……那些树，用它们翠绿的丰腴造清凉的浓荫给自己的名字……那些果子，咬进果肉的灵魂就是它们的名字……那些阴影，它们是欢乐往事的纪念品……林中空地，明亮的空地是风景的畅快笑容，笑之后是呵欠……多彩的时光啊！……花一样的瞬间，树一样的分分秒秒，啊，凝止于空间的时间，死去并且脱离空间的时间，掩盖在鲜花里，在花季里，在花的名字的芬芳里……

　　梦中的疯狂，在那隔离的静寂里！……

　　我们的生活是全面的生活……我们的爱情是爱情的香

气……我们享受不可能的时光，充满自我的感觉……这都因为我们身上每寸肌肤都知道自己并不真实……

我们没有个性，没有自我，完全属于另一类……我们是在自我意识中消散的风景……而因为它在现实和幻觉中都是两种风景，所以我们也是朦朦胧胧的两个人，彼此都不敢肯定自己是不是对方，也不知道不能肯定的对方是否有生命……

我们一下子从沉滞的水池冒出来的时候有想哭的感觉……风景的眼睛泛着水光，完全静止的眼睛，充满存在的厌倦，充满不得不成为某种东西的厌倦，不论真实或者幻觉——而厌倦的家乡和声音都在那些水池无言的流放里……虽然继续漫步着，不经心亦非有意地，我们仍然在这些水池周围流连，大部分心意都留下跟它们一起，象征化了，入神了……

多么新鲜可喜的惊怖——没有人在！甚至在那里漫步的我们也不在……因为我们不是人。我们什么都不是……我们没有不能不死的生命。我们又单薄又细小，随时会被风吹倒。时间的流动抚爱我们，一如微风飘过棕榈。

我们不属于任何时代，没有任何目标。对我们来说，一切生灵和万物的终极目标仍然留在"空缺"天堂的门口。为了让我们感知，周围的灵魂已经完全静止不动：从树枝的木讷灵魂到叶子开朗的灵魂，从花朵含苞待放的灵魂到果子累垂的灵魂……

这样，我们就让生活死去，各自地，那么专心地让它死去，以致一直没有发觉原来我们只是一个人，没有发觉彼此都只是对方的幻觉而且——作为独立的自我——内心其实空空如也，只是那个自我的回声……

一只苍蝇在嗡嗡叫，犹疑而轻悄……

微弱、零碎然而确实的声响出现，充满我意识中的、我们的房间，告诉我们天色已经破晓……我们的房间？如果这里只有我一个人，那是我和谁的房间？我不知道。一切混合起来，只留下昙花一现的朦胧现实。我的犹疑在其中泥足深陷，我的自我意识被鸦片导入睡眠……

晨曦出现，仿佛从时光苍白的山巅泻落……

我的爱，我们生命火炉里的余烬已经熄灭……

让我们放弃背弃我们的虚幻希望，放弃烦人的爱，放弃只会填充而不能满足的生活，甚至放弃死亡，因为它带来的比我们想要的更多却达不到我们的期望。

面纱后面的人啊，让我们甚至放弃厌倦，它已经厌倦了自己，没有胆量承认它所概括的全部苦闷。

让我们不要哭泣，不要憎恨，不要期望……

灵魂的伴侣啊，让我们用一块细麻布覆盖我们不完美的、僵死的轮廓……

树林

　　唉，甚至那凉亭也不是真的——它是我失去的童年那座古老的凉亭！它向后移动，像雾，一直退着穿过我这真实房间的墙。墙从黑暗中清楚显现，面积小些，像生活和白日，像吱吱嘎嘎的运货马车，像打在疲乏的牲畜身上迫它站起来的隐约鞭子声。

连祷文

我们永远不懂得自我体现。

我们是两个深渊——一口井向天空瞪眼。

没有实现的旅行（一）

这次没有实现的旅行，是在秋天一个迷蒙的黄昏起程的。

在我不可能的记忆里，天空是忧伤的金黄残留的紫色调子，死色的余晖裹着群山，穿过并且柔和了它们棱角鲜明的轮廓线条。船的另一边（那边甲板天篷下的夜色比较深也比较凉）是茫茫大海，海水一直颤抖到东面伤感的水平线，望得见的海涯，朦胧的水线上有更黑暗的空气投下入暮的阴影，像酷热日子的烟霞。

那海，我记得，是一片阴暗，掺杂着一片一片涌动的微光——神秘得像快乐时光里一个悲哀的念头，预示着我不懂得的什么。

起程的地方不是我认识的港口，到今天我仍然不知道那是什么港口，因为我还不曾到过那里。而且，我这仪式性的旅行，目的是找寻不存在的港口——所谓港口，只是一个进入点或者被遗忘的河口或者跨越不能抵达的虚伪城市的海峡。你读到这里，一定会认为我在说胡话。那是因为你未曾像我这样旅行过。

　　起程？我不会向你发誓说我起过程。我发觉自己在别的土地，在别的港口，我经过别的城市，它们不是我最初出发的城市，而所有的城市其实都不是城市。我不能发誓说动程的是我而不是风景，是我去找别的地方而不是别的地方找我。我不知道生活是什么，也不知道是我在生活里过日子还是生活在我里面过日子（不管"过日子"这空洞的语词是什么意思），我不会发任何誓。

　　我旅行过。我相信没有必要解释，这不是多少个日、多少天或者多少可量度时间的旅行。实在说，我是在时间里旅行，但不在我们这一边用小时、日、月计算的时间。我旅行的地方在时间的另一边，那里的时间是不能计算度量的，但它同样会流动，而且似乎比在我们里面过日子的时间流得快些。你一定在心里自问，这些话是什么意思。别犯这种错误。别提什么东西什么语词是什么意思这类幼稚的问题。没有任何意思。

　　我乘什么船旅行？船名是"随意"号。你笑了。我也笑，也许是笑你。你（或者连我自己在内）怎么知道我写的不是只让天神读懂的象征语？

　　没有关系。我在黄昏出发。我现在还听见起锚时钢铁碰撞的声音。从我记忆的眼角还可以瞥见起重机的吊臂——这东西在起航前把我的眼睛折磨了几个钟头，搬运数不清那么多的大箱大桶——慢慢搬运到停放的地方。箱和桶都捆着铁链，起初突然在船舷上出现，撞上船舷而发出刮削的声音，然后摆荡到货舱口，又突然降落……落到看不见的舱底时发出撞击木头的闷哼。于是下面传来解开铁链的声音，铁链丁丁当当地升起，整个过程又从头开始。

为什么告诉你这些？因为——本来说要谈我的旅程——告诉你这些是荒谬的事。

我到过新欧罗巴，驶进伪冒的博斯普鲁斯海峡时受到一些不同的君士坦丁堡欢迎。你不明白我怎样驶进海峡？你没有看错。我起程时乘坐的是轮船，进入港口的是帆船（……）。你说，这不可能。所以才会发生在我身上。

别的轮船给我们带来关于不可能的印度发生想像战事的新闻。新闻提到的国土，使我们不安地想念自己的国土，当然，只因为那并不是什么国土。

想像的旅行

　　在面向无垠的第四层楼房间里，在夜幕下垂的亲密感觉里，在望见星星逐渐闪现的窗前，我的梦——配合着可见的远方的节奏——跟旅行有关，旅行到未知的、想像的或完全不可能的国度。

人工修饰的美学

生活妨碍表达人生。假如我真正经历伟大的爱情，也永远不会知道怎样描写出来。

我甚至不知道，这些歪歪斜斜的文句向你显示的这个我是不是真有其人，或者只是我制造出来的一个美学假象。不错，是这样。我是在美学上作为另一个人而生活。我用不属于我的材料，像雕刻石像一样雕出自己的生活。有时我简直不认识自己，因为我运用自我意识的手法是那么纯艺术，而且我于我自己已经成为外人。在这种不真实的背后，我到底是谁？我不知道。但我总得是某个人。我逃避生活，逃避行动，逃避感觉，请相信，是因为不想破坏我创造的性格的轮廓线条。我要成为自己想望的样子而不是现在这个我的样子。如果向生活屈服，我就完了。我要成为艺术品，既然肉体办不到，至少灵魂可以办到。为了这个目的，我独自悄悄雕琢自己，把自己放进温室，隔绝新鲜空气和光线——让我荒谬的人工修饰的花朵在孤绝的美之中开放。

有时我左思右想，如果可以把所有的梦串起来成为连续的生活该多么好，整天有想像的朋友做伴的生活，虚假的生活，我可以在其中过日子、受苦、享乐。有时会遇到灾难，但有时又会经历极大的欢悦。关于我的一切都不会是真实的。可是一切都符合最高的逻辑，随着感性的虚假节奏脉动，这些都在我用灵魂建造的城市里面发生，伸延到一列停驶的火车旁边的月台，在我心里遥远的地方……这一切都会完全生动而且无可避免，正如外在的生活一样，但有一种垂死夕阳的美感。

假期随笔

两个小小岬角后面那个小海湾的沙滩，是我在这三天假期里躲开自己的静地。通过沙滩的简陋梯级，上半截用木板造成，下半截直接在岩石上凿出，有一条长锈的铁扶手。我每次走下这古老梯级，尤其是到了石头的下半段，我会离开自己的存在并且找到自己。

神秘教派的人（至少，他们中之某些人）说，灵魂达到最高境界的时刻，是被情绪或者某种记忆带引，想起什么前生某一种景色或者一个影子的一瞬。因为回到比现在更接近原始的开端，灵魂会体验到童年和解脱的感觉。

走下这很少人用的梯级然后慢慢踏上永远空着的沙滩，就好像用什么魔术找到自己现在可能处身的单细胞状态。某些日常生活的特点——表现于我正常的爱恶和忧虑——像法网外的逃犯一样离开我，消失在不可辨认的阴暗里，而我就达到内在的远距离境界，记不起昨日的事，也不能相信天天活在自己里面的那个我真正属于我。我平时的情感、我平时不规则的习惯、我跟别人的谈话、我对社会秩序的适应，一切都似乎是从什么地方看到的，比方一本传记里没有生命的书页，或者一边想心事一边读的小说，读到半途线索就松开，结果，故事的情节落在地上溜走了。

沙滩没有别的声音，只有海浪声和看不见的像大飞机在头上飞过一样的风声。我做了一种新的梦——梦见柔软而不成形状的东西，印象深刻的奇景，没有形象，不带情感，像天和水一样清净，从巨大真理最底层卷起，像大海的白色涡轮一样发出回荡的响声：远远地涌过来，颤抖着斜斜落下的蓝色，一路上染上闪亮的墨绿，发出巨大的嘶声，把一千条臂膀敲在暗黑的砂上打碎而留下干的泡沫，然后收拾起所有的潮水退走，收拾起所有回归原始自由之旅，所有对上帝的怀念，所有关于前度经历的记忆（像这一次，没有形状，没有痛苦），因经历太好或太新鲜而觉得幸福。以怀恋为躯体，以泡沫为灵魂，憩息，死亡，全有或全无像大海一样围住生活海难者的岛屿。

我睡着，但未入睡，已经迷失于通过感觉所见的景色，我自己的黄昏，树丛间水的涟漪，大河的宁静，哀愁的夜晚的清凉，冥想里儿时睡眠中悠悠起伏的白皙胸脯。

自传的片断

　　最初我迷于玄学的猜想，然后是科学理论。最后，是社会学（理念）吸引了我。但是在这几方面的真理探索过程中，我都没有找到解答和肯定。我在这些范畴的读书不多，可是所读的已经足以令我厌倦那么多互相矛盾的学说，它们全部具有复杂的理论基础，有相等的概率，并且符合某些选择的事实——看起来似乎是全部事实。如果我疲倦的视线离开了书本，或者分了心而把焦点从内心思维移向外面的世界，我看见的就只有一件事，它否定了阅读和思考的一切实用价值，把努力得来的概念的花瓣一片一片剥掉。我所见的是万物无限的复杂性，巨大的（……）总和；甚至在我们想像中足以开创一门科学的少数事实，也具有无穷的不可捉摸性。

气馁的美学

既然我们无法从生活里提取美，那就让我们设法从"无法从生活里提取美"中提取美吧。让我们用失败造出胜利，造出正面和高贵的东西，有庄严的圆柱，符合我们心灵的要求。

假如生活仅仅给我们一个囚室，最少，我们应该尽力美化它——用我们梦的缩影，用它的彩色图案把我们的遗忘刻印在静止的墙上。

像所有梦想家一样，我常常觉得我的使命是创作。但是我从来不能专心去努力完成一个意愿，所以对我来说，创作的意思就是做梦、需要，或者渴望，而行动的意思是梦见我想完成的行动。

不付邮的信

我现在告诉你，以后不必在我对你的理念中出现。

你的生活……

这不是我的爱，不过是你的生活。

我爱你，犹如爱落日和月色：我想留住那些时刻，然而我想占有的，只是占有的感觉。

单人纸牌游戏

在乡下有回声的大屋子里，晚上点上煤油灯之后，老婶婶们就玩单人纸牌游戏打发时间，女仆在茶壶的水沸声里打瞌睡（……）在我心里取代了我的位置的什么人，对这种无聊的宁静产生怀恋的感觉。上茶的时候，纸牌整齐地叠在桌子一角。巨大瓷器柜子的黑影，使本来已经阴暗的饭厅变得更阴暗。女仆脸上流露着睡意，迟钝地赶着收拾。我在心里看着这一切，带着跟任何事物无关的伤感和怀念。我发觉自己在忖度玩单人纸牌游戏的心境。

万花筒

别作声……你出现得太频繁了……但愿我看不见你……什么时候你才会仅仅是我一段喜悦的记忆？你还要做多少个女子才让我这愿望实现！而我总以为会在一条没有人走的桥上看到你……是，这是人生。别的人都把船桨扔掉了……士兵忘记了纪律……武士们在破晓时带着他们铮铮响的长矛离开……你的堡垒静静地等待被遗弃……风不肯遗弃山顶的树……没用的柱廊，收藏起来的银器，预兆的符号——这一切不属于我们此刻的相会而属于古代神庙里颓败的黄昏，因为除了你的手指和它们迟缓的手势，菩提树没有理由给人遮阴……

这就更证明应该是遥远的土地……彩色玻璃，帝王们签署的条约……宗教画里的百合花……随从们在等候谁？……失落的鹰飞到什么地方？

丧礼进行曲（一）

有什么人能做什么事扰乱或者改变世界？每一个有价值的人不是总有另一个人跟他价值相当的吗？一个普通人的价值与另一个普通人相当；行动家的价值与他行动的力量相当；思想家的价值与他的创造物相当。

不管你为人类创造过什么，它的将来都要由地球的冷却去决定。你留给后人的东西都有你个人的特色，别人不会了解，或者，它只属于你那个时代，别的时代不会了解，或者，它属于所有的时代，但是吞没未来时代的最后深渊不会了解。

我们只是橱窗，在阴暗里摆各种姿势，而背后的大神秘……

我们都是终有一死的人，寿命有一定期限——不会长些，不会短些。有些人死了就完了，有些人在认识他们、爱他们的人的记忆里继续活一段时间；另外一些人在养育他们的国家的记忆里继续活着；还有另外一些人进入了他们所属的文化的记忆；十分少数的人能够超越不同文化的相反趋势。但是我们都被时间的深渊包围着，最后总会在其中消失；饥饿的深渊将吞噬我们每一个人。

持久只是愿望，永恒是幻觉。

死亡就是我们，也是我们的生活。我们出生时已经死去，我们死着存在，我们弃世时已经是死人。

活的东西活着，是因为它会变化；它变化是因为它过去，因为它过去，所以它死。所有活着的东西都永远在变化成为另一种东西——它不断否定自己，不断逃避生命。

因此，生命是一段过场，一个环扣，一种联系，是已经过去和即将过去之间的联系，是死亡与死亡之间一段静默的过场。

……智力，表层的游离假设。

物质生命也许纯粹是梦，或者仅仅是原子的组合，不在我们的理性结论和感性动力范围之内。因此，生命的本质是幻觉，是表面现象，若非存在便是非存在，既然是虚无的幻觉或表面现象，那就必定是非存在——生命即死亡。

为不死的幻觉所惑，我们从事创作的种种努力是多么徒劳无功啊！我们说，“不朽的诗篇”或者“永生的文字”。然而地球的物性冷却不但会带走地面的人，还会带走……

一个荷马或者一个弥尔顿能做到的，不会比撞击地球的彗星更多。

丧礼进行曲（二）

　　来自各种神秘宗教的僧侣排列在走廊等候你。另外还有手执长矛的金发男孩，（……）闪亮的刀剑出鞘的青年，反光的盔甲和铜器，丝绸和黯黑黄金的掩映。

　　想像力传递的一切，送葬的感觉使游行队伍忧伤，即使是凯旋也压在我们心上，虚无的神秘主义，绝对否定的苦行主义……

　　不是温暖阳光下覆盖我们瞑目的六尺黄土和旁边的青翠草地，是超越我们的生命而有自己完整生命的死亡——某些天神身上绝对存在，我信仰的多神教里面那个未知的神。

　　恒河也流过多拉朵列斯大街。历史上一切年代全部挤在这个小房间里——（……）的混合，不同风俗的色彩缤纷的游行，不同文化的距离，还有不同民族的巨大差异。

　　就在这条街上，我可以等，痴迷地，雉堞围墙和刀光剑影里的死亡。

无名战士墓

　　没有寡妇孤儿在他嘴巴里放钱币作为斯底克斯河（希腊神话中冥府周围的河，绕冥府九匝而流向乐土）舟子的摆渡费。我们不会知道他在这河上用什么眼色——永远不让我们看见——观望阴间的河水九次反映自己的面孔。他的影子如今在阴森的河岸上徘徊，影子的名字，对于我们来说，只是另一个影子。

　　他为祖国死去，并不知道怎样死也不知道为什么死。他的牺牲有永远隐姓埋名的荣耀。他全心全意献出生命：出于本能而非迫于义务；因为他爱自己的国家，不因为爱国的意识。他保卫祖国就像儿子保护母亲，母子关系是血缘的而非逻辑的。他没有考虑或者希望去死，但他忠于这种原始的秘密，所以本能地接受死亡，一如接受生命。如今他寄身的阴影，跟塞莫皮里峡道公元前480年的斯巴达军在此惨败于入侵的波斯军。斯巴达军队中有数千葡萄牙人。阵亡者的阴影是嫡亲兄弟，忠于肉身诞生时的誓言。

他为祖国捐躯，犹如太阳每天升起。他天生就是死神想造就的材料。

他并非献身给某种狂热的信仰，亦非为某种伟大理想奋斗而死。未受过宗教信仰或博爱主义的沾染，他的死不是为着保卫什么政治理念、人类的未来或者新的宗教。不相信某种教徒和基督徒自欺欺人的死后世界，他直视死亡而不期望另有生命；他目睹生命离开自己，亦不期望有更好的生命。

他像风、像日子一样自然流动，带着一个使他与众不同的灵魂。他纵身跃进阴间，如同人走进门口。他为国家死去，国家是我们唯一可以理解的东西。在他尘世的生命之火熄灭时，他的眼睛深处所反映的，既非某种教徒和基督徒的天堂，亦非佛教徒超脱的寂灭。

我们不知道他是谁，他也不知道自己是谁。他尽了责任却不知道自己干过什么。引导他的，是叫玫瑰开花、叫枯叶变绿那种东西。生没有更高的目标，死没有更高的报酬。

如今，依照众神允许的安排，他进入了无光之境，经过柯西图斯①的悲叹和弗列格桑②的火焰，在晚上倾听黑色忘川③呻吟的水声。

像杀死他的本能一样，他是无名的。他没有想过献身给国家，但献了身。他没有决定尽责任，但尽了责任。既然他的灵魂没有名字，我们就不该问他肉身的名字。他是葡萄牙人，但

---

① 冥府河流之一，又称悲叹之河。

② 冥府河流之一，又称火河。

③ 冥府河流之一，亡灵饮其水忘却前生经历。

不是这个也不是那个葡萄牙人，因此他是宇宙的葡萄牙人。

他的位置不在葡萄牙立国者们旁边，他们属于另一种境界和另一种意识。他不属于我们崇拜的英雄人物，他们的冒险行为开拓了航海线并且使我们有机会得到无法占有的那么多的土地。

不要用雕像或石碑纪念这个代表我们每一个人的灵魂。他是我们整个民族，他的坟墓应该是整片国土。我们应该把他埋葬在他自己的记忆里，用他的榜样作为唯一的碑石。

附注：原稿第六段下另有数行加插，可能供补充或改写用：

——单纯的英雄主义，不为进天堂而殉道，不为拯救人类而奋斗；古老的异教徒族人属于城市，而城外全是野蛮人和敌人。

——以儿子爱母亲的感情，因为她是自己的母亲，不因为自己是她的儿子。

"占有"的湖（一）

我把"占有"看作一个荒谬的湖——很大，很黑，很浅。湖水看起来深，是因为肮脏。

死亡？但死亡是生命的一部分。我死得彻底吗？我对生命一无所知。我死后还活着吗？我继续生活。

做梦？但做梦是生活的一部分。我们在梦里生活吗？我们生活。我们只是梦想做梦吗？我们会死。而死亡是生命一部分。

生命像我们自己的身影一样追逐我们。这身影在到处都是阴影的时候才会消失。在我们向它投降之后，生命才停止追逐我们。

做梦最痛苦的事，是我们不存在。我们在现实中不能做梦。

"占有"是什么意思？我们不知道。那怎么可能占有？你会说，我们不知道生命是什么，可是我们活着……但我们真的活着吗？活着而不知道生命是什么——这也算活着吗？

帝国传奇

我的想像是一座东方的城市，它所占的空间具有华丽的长毛毯子那种舒适感觉。它的街道上那些颜色鲜艳的帐篷和货摊，点缀着调子不和谐的背景，像浅蓝缎子上的红色黄色刺绣。城市的全部历史，就像我半暗的房间里一只几乎无声的灯蛾环绕着梦的灯泡飞。我的幻想曾经一度在荣耀里生活，从女王手里接受过受时间污染的珍宝。我想像的沙滩铺盖过柔软的丝绒，而团团阴影似的水藻，清清楚楚地在我的河上漂浮。后来我变成了失落的文明的门廊，热病的，阿拉伯风味的，在死去的梁柱堆中，变成圆柱崩断扭曲线条里发黑的永恒，远方海难船寂寞的桅杆，塌掉的王座石阶，似乎只能掩蔽影子的面纱，像破香炉的烟一样从地底升起的鬼魅。我的领土是阴郁的，持续的边疆战事破坏了王宫的和平。远处经常隐约有集会的噪音，群众经常游行经过我的窗口，可是我的水池没有金鱼，果园的绿色清幽也没有苹果；在树丛之外，甚至从快乐的穷人所住的小屋升起的炊烟，也不能用它们单纯的歌谣帮助我灵魂中神秘的不安进入睡眠。

清醒的日记

　　我的一生：一出悲剧，第一幕未演完就被众神喝倒彩轰下台。

　　朋友：一个都没有。有少数几个自以为对我有好感的萍水之交，如果我被火车碾死而葬礼又在下雨天举行，他们可能觉得难过。

　　我对生活的疏离态度，后果是让别人对我难以产生感情。我周围有一层发亮的冷漠、一圈冰冷的光拒绝别人接近。我仍然不能避免为寂寞所苦。要达到超然的精神境界，使孤立变成没有痛苦的憩息，不是容易的事。

　　我不相信别人对我表示的友谊，也不会相信别人对我表示的爱情——不可能发生的事。对于自称朋友的人，虽然我不抱任何幻想，结果还是难免觉得幻灭——这就是我复杂微妙的痛苦定命。

　　我从来不怀疑人人都会辜负我，而每次被辜负仍不免惊讶地发呆。预料会发生的事情一旦发生，我还是觉得意外。

　　我在自己身上从未发现有任何吸引人的品质，所以永远不会相信有人被我吸引。假使不是总有一件又一件事实——意料中的意外——证明，我对自己这种看法就谦虚得太笨了。

　　我不能想像接受出于怜悯的关怀，因为虽然举止笨拙而且其貌不扬，我还不至于残废畸形到被列为应受全世界怜悯的一类，并且又缺乏看起来并不可怜却能引起别人怜悯的特质。我身上值得怜悯的却不可能得到怜悯，没有人会怜悯一个精神上的跛子。因此我就落入世界卑视引力的中心，在那里自视为"不是什么人"的同类。

　　我整整一生是一场挣扎，希望适应环境而不屈服于它的残酷和羞辱。

　　一个人必须具有某种智性的勇气，才能够坦然承认自己是人渣，是人工流产而没有死去的婴儿，是疯的程度还够不上进疯人院的疯子；他一旦承认了这一切，就需要更大的道德勇气去设法让自己随遇而安，不抗议，不灰心，不做任何举动或暗示举动，接受大自然对他的必然诅咒。想不为这种种受苦是奢望，因为人的能力无法把明明是坏的东西看成好的东西；假如我们承认它是坏东西而且接受它，那就只好受苦。

　　从外表观察自己毁了我——毁了我的幸福。我所见的是别人眼里的我，因此我鄙视自己——不是因为我的品格有什么值得鄙视的特点，是因为我用别人的眼光看自己而感受到他们对我的鄙视。我体验了认识自己的羞辱。既然这种受难没有什么高贵也没有三日后的复活，我不能不为这耻辱受苦。

　　我知道没有人能够爱我，除非他完全没有审美意识，而我对这种人只会鄙视；即使是别人对我表示的友善关怀，也不过是一时的兴致，基本上还是冷漠。

　　仔细观察自己，仔细观察别人怎样看自己！面对面直视真相！结果是基督在髑髅地直视真相时的叫喊："我的上帝，我的上帝，为什么离弃我？"

佩德罗的田园曲

　　我不知道在什么地方什么时候见过你。我不知道是不是在一幅画里或者在真实的郊野而你周围有真实的草和树；不过，也许那是一幅画，我对你的记忆像一首田园诗而且十分清晰。虽然我不知道这事情在什么时候发生或者是不是确实发生过（我也许甚至没有在一幅画里见过你），但我全心全意感觉得到那是我一生中最宁静的时刻。

　　你从宽阔的路那边款步走来，优雅的女牧人，带着一头温驯的大公牛。我记得似乎远远就望见你，你走过来，经过我身边继续走。你好像没有注意到我在那里。你慢慢地走，不怎么理会那大公牛。你的眼光已经忘记一切记忆，显示你内心生活里一大片空白：你的自我意识已经放弃了你。在那一刻，你不过是……

　　看到你，使我记起城市常变而郊野永恒。我们形容石和山是"《圣经》里的"，因为它们的确跟《圣经》时期的石和山没有分别。

我把郊野景物在我内心唤起的一切都跟一瞬间所见你这个无名的形象联系起来，每次想到你，灵魂就充满前所未有的和平感觉。你走路时轻轻摆动，隐约的摇曳，你每一种手势都像小鸟降落；无形的蔓藤缠绕你胸前的（……）。你的沉默——白日在下沉，带铃铛的羊群在逐渐灰暗的山坡上叫出它们的倦意——你的沉默是最后一个牧人的歌调，他没有被维吉尔写进未动笔写的牧歌里，因此他的歌调永远没有人唱，他自己永远是田野里一个流浪的影子。你可能在微笑——向自己笑，向你的灵魂笑，在心里看自己笑——然而你的嘴唇却像山的轮廓一样静止不动。我记不起你的手势，你乡村姑娘的手腕戴着野花串成的花环。

　　不错，我是在一幅画里见过你的。可是我怎么觉得看见你走近而且在我走着的时候在我身边擦过呢？我没有回头望你，因为当时我还望得见你，永远望得见。时间突然静止，让你走过，而我企图把你放在现实里或类似现实的环境里，是彻底的错误。

圆柱列

我的爱啊，我在不安的静寂之中，在风景变成"生"的光环而梦只是梦的这个时辰，我举起这本奇怪的书，像空房子敞开的大门。

我搜集每一朵花的灵魂去写它，用每一只鸟唱的每一个流逝的旋律织出永恒和静止。勤奋的织工（……），我坐在自己生活的窗前，忘记了自己在里面过活并且存在，用自己织给沉默圣坛的贞洁麻布包裹自己的苦闷……

我把这本书献给你，因为我知道它美丽而不实用。它不说教，不启发信仰，不挑动感情。它只是一条小溪，流向随风飞扬的尘土的深渊，对灵魂没有好处也没有坏处……我用整个灵魂写它，写的时候不想它，因为我只想到悲哀的我，想到不是任何人的你。

我爱这本书，因为它荒诞不经；我想把它送给别人，因为它不实用；我把它送给你，因为送给你这种想法不会达到什么目的。

请你读它，那就是为我祈祷，请你爱它，那就是为我祝福，然后忘记它，像今天的太阳忘记昨天的太阳，像我忘记从来不懂得怎样做得的好的梦里的女子……

我渴望的"静默"巨塔啊，愿这本书是在"古代奥秘"晚上使你改变面貌的月光！

苦痛的"缺憾"之河啊，愿这本书是一艘小船，随你的河水漂流直至抵达梦魇的海。

"疏离"和"流放"的风景啊，愿这本书属于你，犹如你自己的"时辰"而不受你也不受伪冒的紫色"时辰"所限制。

永恒的河在我静寂的窗下流过。我一直望得见远岸，不知道为什么不梦见自己在那边快快乐乐地做另一个人。或许因为只有你能抚慰我，只有你能舒解，只有你能涂油膏和主持圣事。

你中止了什么白色弥撒，向我显示你的存在而祝福我呢？你在什么瞬间突然停住旋转的舞步——时间跟你同时停止——而利用停止造出通向我灵魂的桥，用你的微笑造出我高贵的紫色光华？

节奏不安的天鹅，不朽时刻的弦琴，神秘哀伤的微弱竖琴声——被等待的人和远去了的人都是你，你的抚慰者也是加害者，你给欢乐镀上忧伤的金，为哀恸戴上玫瑰花冠。

什么上帝创造你？什么上帝必定被创造世界的上帝痛恨？

你不知道，你不知道自己不知道，你不想知道或者不想不知道。你已经取消自己生命中的全部目标，你让自己在非现实的光环里出现，你给自己穿上完美和无形的衣裳，这样，"时间"就不会亲吻你，"白日"不会向你微笑，"黑夜"也不会把百合花似的月亮放进你手里。

我的爱，请向我撒下更美的玫瑰和更可爱的百合花瓣，还有发出好听名字的芳香的菊花瓣。

圣处女啊，没有臂膀等着拥抱你，没有嘴唇渴望亲吻你，没有想念者为你计算剥落的花瓣，而我会让我的生命在你那里完结。

一切希望的"厅堂"，一切欲望的"门槛"，一切梦想的"窗"。

一切黑夜森林景色的观景台，远处的河在明亮的月色里闪光……

本来不供书写，只供梦想的诗和散文……

你并不存在，我完全知道，可是我能肯定自己确实存在吗？我，这个让你在我里面存在的人，难道比你、比你死的生命有更真实的生命吗？

火焰化为光环，不在的还在，跌宕有致的、女性的沉默，肉体的模糊黄昏，遗留在宴会外的酒杯，画家梦中所见另一个地球的中世纪彩色玻璃窗。

贞洁典雅的杯子和主人，为仍然生存的圣徒设置的空祭坛，从来杳无人迹的花园里一朵梦幻百合的花冠……

你是唯一不使人烦闷的形态，因为你随我们的感觉变化，亲吻我们的欢乐也抚慰我们的痛苦和厌倦。你是麻醉的鸦片，是恢复精力的睡眠，是使我们双手交叉相握的死亡。

天使（……），你长着翅膀的身体是什么本质？你，永不离地的飞行，静止的上升，极乐和憩息的姿势，是什么生活把你挽留于什么土地？

梦见你就是我的力量，当我用文字描写出你的美，它们的体裁就有旋律，诗节就有曲线，更有不朽诗篇突然闪现的光芒。

只属于我的你啊，让我们以你存在而我看见你存在这种奇迹做基础，创造一种全新的艺术。

愿我能从你无生命的身体提取新诗的灵魂！愿我颤抖的手指在你徐缓、安静如水波一样的节奏中找到人类耳朵从未听过的创意散文！

愿我从你逐渐淡去的微笑里找到象征。整个世界饮泣吞声的纹章——在发觉哭泣是错误和不完美的时候。

愿你竖琴家的手在我献出生命创造你的时候为我合上眼睑。而至高无上的你啊，此刻籍籍无名的你将成为从来不存在的众神所钟爱的艺术，成为永不诞生的众神的、不育的处女母亲。

三角形的梦（一）

我在甲板上的梦里哆嗦：一股不祥的寒意穿过我那远方王子的灵魂。

闹哄哄的、威吓性的静寂，侵进房间里看得见的气氛，像灰青色的风。

海水不再汹涌，但仍然起伏不定，一切归结为冷硬得使人不安的明亮月色。虽然尚未听见，我已经知道，王子住的王宫旁边有柏树。

电光第一把长剑在远处隐约挥动。海上的月色是电光的颜色，这一切都说明，从来不是我的那位王子的王宫，现在已经变成古代的废墟。

船闷哼着靠岸的时候，房间暗了下来，他没有死，也没有被俘虏，我不知道王子他遭遇什么。如今他必须面对什么不可知的冷酷命运？

三角形的梦（二）

　　光线已经变成非常凝滞的黄，一种其实是肮脏白色的黄。物与物之间的距离拉远了，声音的间隔也变得不一样，断断续续的，而且相隔得更远。声音一下子就归于沉寂，似乎被刀子切断。好像升高了的热度是冷的，虽然仍然是热度。通过窗子两扇百叶门之间的缝隙，唯一望得见的一棵树，夸张地摆出期待的姿态。它的颜色是很特别的绿，绿里面掺杂着静默。周围的气氛像花朵一样闭起了花瓣。在空间的组成内，有关平面之类的另一种相互关系，改变并且打破了声音、光和色彩占用空间的模式。

雷雨

在静止的云与云之间露出的天蓝色，抹上了透明的白。

办公室后边，信差手里那条永远在包裹上绕来绕去的绳子悬空停住。

"我只记得像这样的另外一次。"他的话像统计。

冷冷的静默。外面的响声似乎被一把刀子切断。然后是好长一段完全的噤气，一种全体的恐惧。整个宇宙变成死寂。一分一秒，一分一秒，一分一秒……静默把黑暗涂得更黑。

突然，咣咣……

电车发出的金属声多么像人声！平常的雨水落在从断层里复苏的街道上，是多么快乐的景象！

啊，里斯本，我的家！

雨景

　　每一滴雨，是我失败的人生在自然界哭泣。没完没了的细雨，然后是大雨，然后是细雨，又是大雨，里面都带有我的忧思，整个日子的哀愁徒然向大地倾注。

　　下雨，不停的雨。雨声湿透我的灵魂。那么多的雨……在雨的感觉周围，我的肌肉渗出水。

　　一股悲痛的寒意用冰冷的手握紧我可怜的心。灰色的（……）时光变得长了，在时间里摊开；拖拉的时刻。

　　那么多的雨！

　　阴沟涌出小股小股的急流。使人烦恼的雨声使我意识到下着大雨。雨呻吟着不断敲打窗玻璃……

　　冰冷的手扣紧我的喉管，我不能呼吸。

　　我内心的一切正在死去，包括我可以做梦这种认识！我无法找到舒适的姿势。我倚靠的每一种柔软的东西都有尖锐的边缘刺痛我的灵魂。在这个为了对无痛苦死亡慈悲而变得阴暗的白日里，我所见的每一只眼睛都黑得可怕。

不安之夜交响曲（一）

　　古城的黄昏，巨大建筑物的黑石头刻着失落的传统；颤抖的晨光笼罩着水淹的田野，沼泽地一样湿淋淋的，像日出前的空气；狭窄的小巷，什么事都可能发生；古老起坐间的笨重橱柜；月夜农庄后面的水井；未曾见过的老祖母的初恋情书；埋藏着过去的房间里的霉花；已经没有人懂得怎样用的枪；窗外火热的下午；没有行人的路；断续的休眠；葡萄园的枯萎病；教堂钟声；修道院生活的清苦……祝福时刻；你瘦小柔软的手……得不到的爱抚，你指环上的宝石在越来越浓的黑暗里流血……宗教节庆，我们的灵魂里没有信仰：物质丑陋的美，粗雕的圣像，精神上的浪漫热情，因冷空气入侵而发潮的城市码头，夜幕下垂时的海水气味……

　　你纤细的手，翅膀一样在某个与世隔绝者的头上拂扫。长廊，关上而仍然开着的窗子四周的缝隙，墓碑一样冷硬的地板，对于爱的怀念，像尚未起程前往未建立国度的旅行……古代女王的名字……有彩绘健硕贵族的窗玻璃……散乱迷蒙的晨光，像冷去香炉的烟，弥漫在教堂空气里，地上凝聚不能穿透的黑暗……干燥的手互相紧握。

僧人因在古书的古怪密码里发现神秘教派师传训言和皈依仪式插图而生出戒心。

阳光里的海滩——我体内的热度……在使我窒息的焦虑中闪亮的海……远帆，它们如何在我的热病中航行……在我的热病中通向海滩的梯级……带暖意的凉风从海的另一边吹来，贪吃的海，吓人的海，黑色的海——阿尔戈水手[①]。他们遥远的黑夜，他们原始的船在我前额燃烧……

一切属于别人，只有不能拥有它们的悲哀属于我。

把缝针给我……今天，屋子里失去了她轻盈的脚步声，而我失去了不知道她在哪里，不知道她拿花边、彩带、别针做什么那种感觉……今天，她一直锁在橱柜抽屉里的女红已经变成多余，母亲的颈项已经没有想像的温暖臂膀环绕。

---

① 希腊神话英雄人物贾森（今译伊阿宋）扬帆寻找金羊毛时率领的水手。佩索阿常以此比喻航海者。译者注。

不安之夜交响曲（二）

一切都已入睡，似乎宇宙是一种错误。风，犹疑地吹，是一面没有形状的旗，在不存在的笔管旗杆上飘扬。高处的疾风撕裂空虚，窗框摇撼窗玻璃格格地响。万象之下，静默的夜是上帝的坟墓（我的灵魂为上帝难过）。

蓦然，在城市之上，宇宙万物出现了新秩序，风在暂时的舒缓中发出哨声，天空高处有模糊的无数扰攘。然后，黑夜像一扇暗门那样关起来，空阔的宁静，使我希望自己已经入睡。

荒谬

让我们学斯芬克斯埃及狮身人，传说中为一女怪，在底比斯城郊出没，居民遇之者须解答谜语，不能答者皆被杀害。这样，不管有多么假，直到我们不知道自己是谁。事实上我们是假的斯芬克斯，不知道自己在现实中是什么。认同生活的唯一办法是不认同自己。荒谬有神性。

让我们耐心地、诚恳地思考，研究出一些理论，然后马上用行动反对它们——在行动中又用新的谴责理论来解释我们的反对行为。让我们在生活上开辟一条新路又立即回头走。让我们采取非我们所有亦非我们想有，更不愿被人认为是我们所有的一切姿态和手势。

让我们买书，为了不读它们；让我们去音乐会，但不为了听音乐，也不为了知道谁在那里；让我们去散步，因为我们讨厌散步；让我们到郊外去住几天，因为那种生活沉闷。

歌颂荒谬

我是诚恳的，有点伤感。问题与欢乐无关，因为做梦的欢乐既矛盾又阴郁，必须用一种神秘的特殊方式去享受。

有时我会客观地、内向地观察一些甚至在想像里也看不见的荒谬可喜的事物，因为在我们眼中，它们完全不合逻辑——从虚无通向虚无的桥梁，没有进口没有出口的街道，颠倒的风景……——荒谬的、不合逻辑的和矛盾的，使我们脱离现实及其众多附带物——实际思维、人类感情和有利有效的一切。荒谬可以防止做梦的强烈甜蜜变成厌倦。

我有一种神秘的特别的方法看到这些荒谬，我无法解释自己怎样能够看见人类肉眼看不见的东西。

悲伤的间奏（一）

　　看书时间长了，抬起眼睛，即使自然的阳光也会使人皱眉，因此，当我看的时间长了，看见外在世界那种清晰明亮，看见别人活着，看见空间各种活动的变化和相互关系，都使我眼睛刺痛。我因为感觉到别人真实的存在而站不稳，我被他们与我之间的精神对抗性绊倒摔跤。我在他们讲话的奇怪声音和他们在真实地板上那些坚定有力的脚步声中颠踬滑落，他们坚决的行为以种种复杂方式表明他们是真实的存在，不像我这样仅仅是化身。

　　一旦投入这些灵魂，我立即觉得无助而且空虚，似乎自己已经死去却仍然活着，一个疼痛的苍白影子，遇到风会马上倒地，遇到实体的接触就会碎成粉末。

　　于是，我问自己：花那么多气力把自己孤立又抚养成人，值得吗？为了钉十字架的光荣而把生活变成长期的受难，值得吗？即使明知那是值得的，但在这一刻，压倒我的感觉是不值得而且永远不会值得。

悲伤的间奏（二）

　　一件给扔在墙角里的物件，一块落在街上的破布，我这可鄙的存在，向世人装模作样。

　　假如你问我快乐不快乐，我会回答，不快乐。

悲伤的间奏（三）

我连可以用来开解自己的自尊心都没有。即使我有一点什么可以夸口的地方，值得羞愧的地方却更多！

我的日子是躺着过的。连做梦都不会想站起来，在任何方面，在所有方面，我就是这么完全无能。

玄学系统的创立者和心理分析的（……）还在受难的第一阶段。除了（……）和建造，系统化和分析还会是什么？除了是完成了的努力，这一切——安排、配置、组织——还会是什么？这就是生活，多么可叹！

不，我不是悲观主义者。能够把自己的痛苦翻译为一种宇宙性原则的人是快乐的。我不知道世界是悲哀的还是专横的，我不关心这个，因为我不关心别人受什么苦。只要他们不哭不呻吟——那使我觉得厌烦而且不快——我也就懒得理会他们受苦。我对他们就是这么不屑。

　　我倾向把生活看成半明半暗。我不是悲观主义者。我不埋怨生活恐怖，我只埋怨自己的生活恐怖，我唯一忧虑的事实是，我活着要受苦，而且连做梦都不能摆脱受苦的感觉。

　　悲观主义者是快乐的做梦者。他们按照自己的模式塑造世界，所以永远舒服自在。最让我伤心的是世界的兴高采烈跟我阴郁可厌的静寂之间的悬殊。

　　对于能接受生活的人，尽管有悲哀恐惧和挫折，日子必定还是可以快快乐乐过的，就像乘一辆残旧的驿车去旅行，只需要一路上有好同伴（而且可以享受）。

　　我甚至不能认为自己的受苦有什么伟大意味。我不知道有还是没有。但我受的那种苦是那么琐碎，而且那么平庸的事情都能使我疼痛，假设——如果我有勇气——它有什么伟大意味的话，那对于我可能是个天才这种假设就简直是侮辱。

　　辉煌的日落使我为它的美伤感。看日落的时候，我会想：快乐的人看这景色，一定会多么雀跃！

　　这本书是一首挽歌。完成之后，它将取代《孤独》①的地位，成为葡萄牙最悲哀的书。

　　与我的痛苦相比，别的痛苦似乎都不真实或者不重要。它们是快乐人的痛苦，或者是生活过得好的人的痛苦。我的痛苦属于一个被禁闭于生活之外的人……

　　在我和生活之间……

————————————

　　①　葡萄牙诗人安多尼奥·诺布雷（Antonio Nobre，1867—1900）诗集的标题。

因此，我能看见一切引起悲痛的事物，但是不能感觉任何带来欢乐的事物。我发现痛苦是看见而不是感觉到的，而快乐要靠感觉，看不见。因为，人如果不看不想，就会得到神秘教派和波希米亚人和流氓的那种满足。苦难要通过思想的门和观察的窗口才能进入屋子。

悲伤的间奏（四）

我厌倦一切，包括并不使我厌倦的东西。我的快乐跟我的痛苦同样痛。

但愿我是个小孩，在农庄的水槽里放纸船，头上有纵横交错的乡村风味葡萄棚，让阳光在浅浅的黑色水面照射出格子图案和绿色阴影。

我和生活之间有一块薄玻璃分隔着。我清楚看见并且了解生活，就是碰不到它。

把悲哀理性化？如果理性化需要付出努力，为什么要这样做？悲哀的人付不出努力。

我甚至不能抛弃那些使我极端憎恶的庸俗行为。抛弃也要付出努力，而我刚好不是那种料子。

我曾经那么多次恼恨自己不是汽车司机或者马车夫，或者想像中另一类什么人！这些别人的生活，因为不属于我，使我心里充满想得到它的欣悦渴望，充满它的另类味道！如果我是他们一类人，我就不会把生活看作一件实物而觉得恐惧，也不会把它看作一个整体去考虑而压碎自己思维的肩膀。

我的梦是愚蠢的避难所，就像用伞遮挡雷电。

我是这么坐立不安，这么无助，这么缺乏姿态和行动。

无论我怎样搜寻，梦里所有的路都只通向忧戚的空地。

有时，连梦都躲开我这个做梦迷，于是我看清了事物的细枝微末。让我躲藏的雾散了，每一条看得见的边沿都切进我灵魂的皮肤。我所见的每一件粗糙物都刮痛我用以察觉它粗糙的感官。每件物体可见的重量都让我的灵魂感觉它的沉重。

我的生活似乎就是被生活鞭打。

悲伤的间奏（五）

　　我厌倦了街道，不对，我不是厌倦……街道上有生活的一切。头向右转就望见对街的酒馆，向左转就望见叠起的木箱，转身向后就见到两者中间的阿非利加公司办事处，补鞋匠在正门旁边不断敲他的锤子。我不知道楼上是什么。据说三楼有一家不道德的公寓，但其实一切都同样不道德，生活。

　　厌倦了街道？是思想让我们厌倦罢了。我看街道或者感觉到街道的时候不思想：我绝对平静地工作，躲在自己的角落里，簿记员无名氏。我没有灵魂，这里没有人有灵魂——这个大办公室里只有工作。凡是有钱人享受舒适生活的地方，无论这个外国或那个外国，到处都同样有工作，同样没有灵魂。剩下的只会有一两个诗人。但愿我写的一个句子或别的什么能够留存下来而且有人说"写得好"！像我登记的那些数字，抄进我一生的书本里的数字。

　　我相信，我会永远是纺织品货仓里的助理簿记员，永远不会升到簿记主任的位置。

悲伤的间奏（六）

做梦有什么好处？

我把自己造成什么？

什么都不是。在黑夜里精神化……

内心的塑像，没有轮廓线条，外在的梦，没有梦的实质。

间奏（一）

生活还未开始，我就退出了，因为甚至做梦也不觉得生活有吸引力。我也厌倦了做梦，这使我产生虚假的疏离感觉，好像到了一条无穷长的路的尽头。我溢出了自己，泻在不知道什么地方，就无所适从地滞留在那里。我是以前的我。我不在自以为在的地方。如果我寻找自己，我不知道谁在寻找我。厌倦一切的感觉使我麻木。我觉得被灵魂驱逐。

我观察自己。我是自己的旁观者。我的感觉像一件外物，在不知道自己是什么的眼睛前面离开。无论干什么，我都叫自己讨厌。一切事物，从顶端至神秘的根须，都呈现我讨厌的颜色。

时间送给我的花已经枯萎。现在我只能慢慢剥掉它们的花瓣。这是多么充满老年意味的事！

最细微的动作对我都具有英雄行为一样的压力。做一种姿势的念头已经使我疲倦，仿佛自己真的想过要做。

我不追求什么。生活弄痛我。我在这里不舒服，又想不出什么地方可以过日子。

　　最理想的是没有活动，除了喷泉那种虚假的活动——上升然后在同一个地点落下，无意识地在太阳下闪亮，在静寂的晚上发出声音，让做梦的人想起河水而在忘怀里微笑。

间奏（二）

　　在这可怕的时刻，当我缩小至成为仅仅一种可能性，或者膨胀至成为必死的生命。

　　但愿天不会亮。但愿我和我处身的房间里的气氛可以全部分解而成为夜晚，绝对化而成为黑暗，不让我残留的一丝一毫以我的记忆污染继续活着的一切。

童年时期的佩索阿

少年佩索阿与家人

在南非的少年佩索阿

1908年，20岁的佩索阿

佩索阿在饮酒

女友奥菲利娅

青年佩索阿

佩索阿与友人

佩索阿头像　　　　佩索阿生活照

漫步里斯本街头

佩索阿与女友奥菲利娅的书信集

里斯本街头的佩索阿雕像

佩索阿漫画像

无标题部分

"我思想……"

　　我思想，从而造出自己、回声和深渊。我深入自己之内，从而繁殖自己。最短的插曲——光线的转变，枯叶下坠，花瓣干萎剥落，墙外的声音，或者声音背后的人（在应该倾听这声音的众人旁边）的足音，古老大宅半掩的大门，通向月色下重叠楼房的前庭拱门——所有这些不属于我的一切，以共鸣和怀恋的绳子捆住我通向感觉的沉思。在每一种感觉里，我都是另一个人，我在每一种模糊的印象里痛苦地更生自己。

　　我依靠不属于我的印象生活，放任的浪子，只是另一个版本的我。

"在内心世界造出一个民族……"

在内心世界造出一个民族，有政治、党派和革命，让自己成为它的整体，成为它的每个部分，成为这个民族真正泛神崇拜的天神，成为人民身体的本质和举动，成为他们的灵魂，成为他们践踏的土地和行为！成为一切，成为他们却又不是他们！唉呀，这仍然是我遥不可及的梦想之一。这个梦想如果实现，我也许就要死了。我不能确实知道为什么，不过一旦对上帝做出这么严重的亵渎行为并且篡夺了他"无所不成"的神圣权力，人似乎就不应该活了。

创立一个感觉的耶稣教派，对我是多么大的喜悦！

有些隐喻是比街上的行人更真实的。有些藏在书本里的形象比许多男人女人生活得更鲜明。有些文学作品里的词句具有确实的人性。我自己写的东西，有些章节使我害怕及发抖，因为在晚上，在阴影里，我能清楚感觉它们是人，它们的轮廓明显地出现在我房间的墙上……我写过的一些句子，无论高声或低声读出来（它们的声音不可能藏起来）都只能属于某种具有绝对外形和完整灵魂的东西。

　　为什么我有时会列出一些互相矛盾、互不相容的做梦方法和学习造梦的方法？可能因为我太惯于把假的当作真，把梦见的当作亲眼目睹，以致失去了人类对于真假的分辨（我相信是假的）能力。

　　只凭视力、听觉或任何其他感觉的清楚感应，我就能够辨认什么是真实的。我甚至可以同时感觉两种在逻辑上不能并存的东西。那没有关系。

　　有些人因为自己不可能是图画里的人或者不能成为一张某种花式的纸牌而长期痛苦。另外有些人因为不能活在中世纪——仿佛这是一种神圣的诅咒——而痛苦。我也经历过同样的痛苦，但现在没有了。我已经超越这个层次。可是有时还会觉得伤感，因为我不能梦见自己是，比方说，不同时空的不同宇宙里不同王国的两个君主。做不成这样的梦确实使我伤心。那打击就像饥饿的感觉。

　　像我这么高级的做梦者，也只能偶尔达到在梦里目睹不可思议视象的伟大胜利境界。比方说，梦见自己是——同时地，分别地，各自地——在河边散步的一男一女。看见自己——同一时间，同样方式，同样精确而不重叠，相等地分别组合成为两种东西——南方海洋上一艘有意识的船，和一本旧书里的一页。那好像多么荒谬！然而一切都是荒谬的，最不荒谬的是做梦。

"为什么这一切不可以是……"

　　为什么这一切不可以是完全不同的真实，没有神、人或者理性？为什么这一切不可以是我们完全不能理解而且不知道为什么不能理解的东西——绝对相异的另一个世界的玄秘？为什么我们——人、神和世界——不是另一个人做的梦、另一个人脑里的思想，永远在实物之外？而梦见、思想一个不做梦不思想的人的那另一个人，本身为什么不可以是深渊和虚构的人物？一切事物为什么不可以是别的事物、没有的事物、非唯一真实的事物？看出这种可能性的时候，我在哪里？在高处看到这个世界全部城市的灯光和另一个世界真实的乱云在这些城市上面探索，似乎探索它们的内涵，这时候我又在走过什么桥？

　　我发烧而没有梦，我看而不知道看见什么。周围是大平原，远处有河，有山……但这一切同时又是不存在的，而我正处身于神的起源，对于应该离开或留下，对于应该去什么地方或者干什么，怀着巨大的恐惧。此外，这个房间，我听到你看见我的这个房间，是我熟悉而且看得见的；这一切是相连却又分离的，全都不是它们自己——都是其他东西，我如果要看，就会看见。

　　这个时刻，我处身于过去未做过和将来不会做的人之间，假如我不能拥有比这个更好的王国，给我一个王国有什么意思？

"在海岸的小湾角那里……"

　　在海岸的小湾角那里，在沙滩的树丛和草地之间，着了火的欲望从虚空的深渊点点升起。选择麦子或者选择……，都没有什么分别，而地平线沿着柏树丛伸延。

　　文字的威力，不论单独或者在发音的基础上串联，都有内在的回荡，即使汇聚起来，仍有分歧的意义。某些短句的内涵会加插着别些短句的光彩，残余的毒性，树林的希望，以及我那个躲躲闪闪的童年里的农庄池塘的绝对宁静……这样，在荒唐狂妄的高大围墙里，在树木的行列里，在枯叶的瑟缩颤抖里，除我之外，会有人听到悲哀的嘴唇吐出忏悔，那是更热切的人无缘听到的。在墙头上看得见的大路上，即使有骑士回来，"末代灵魂的城堡"也永远不会重见和平了——从它那看不见的大院里曾经传出刀剑碰击的声音——大路的这一边，人们再也不记得任何名字，除了那个像摩尔姑娘一样在晚上现身的蛊惑者，终于使一个男孩死于生活，死于异象。

　　草地的畦坑传来最后几个迷失者的脚步声，那么轻，轻得像未来事件的记忆。他们蹒跚的足音在不安的草上踩开虚空。回归的只能是老人，年轻的永远回不来了。路边响起鼓声，号角在软弱的手里垂下，只因为已经没有扔的力气。

　　当幻象消失，死的喧哗再度升起。一些狗在林荫小路上神经质地徘徊。一切都是荒谬的，像哀悼死去的人，而公主们走出别人的梦境，无拘束地，漫无目的地漫步。

（1929.3.22）

"在我出生的那个年代……"

　　在我出生的那个年代，大多数年轻人对上帝已经失去信念，跟他们的前辈得到信念一样，原因不明。因为人性天生是凭感觉而不是凭理性判断是非，这些年轻人选择用"人类"代替上帝。可是我这种人喜欢留在同类的边缘，看到的不仅仅是群体，也看到群体周围的车间。所以，我不像他们那样完全放弃上帝，也从来不接受"人类"。我的想法是，虽然不大可能有上帝，却也未必没有，因此上帝还是应该崇拜的，而"人类"只是一个生物学概念，仅仅用以界定我们在动物中的类别，并不比别类动物更值得崇拜。崇尚自由平等的人类教派，我总觉得好像是古代一些教派的复活——他们的神都有兽犬的外形或者长着兽犬头。

　　这样，因为不知道怎样信奉上帝又无法信奉动物，我跟另一些边缘人一样，只好对一切事物保持距离，这种距离通常称为颓废。颓废的意思是完全失去作为生存基础的"无意识"。如果懂得思想，心脏就会停止跳动。

对于像我这样活着而不懂得生活的少数人，除了接受"放弃"作为生活方式、默祷作为定命之外，还有什么选择？既然不知道也无法知道什么是有宗教信仰的生活（因为信仰不能凭理性思考获得），又不能相信甚至不能反对"人类"这个抽象概念，我们只好对生活进行审美的观察，藉以说明我们为什么有灵魂。我们对任何世界、对所有世界的严肃性无动于衷，我们漠视神性，我们卑视人性，我们无目的地向无意义的感觉投降，这是经过细致的享乐主义培植的感觉，适合我们的脑神经。

关于科学，我们只保留最基本的规条，即万物都有定律规范——我们不能随意反应，因为定律本身已经预设反应——鉴于这规条符合关于万物的古老宿命论，我们因此放弃一切努力，犹如虚弱的人放弃体育运动。我们埋头苦读有关感觉的书籍，就像专心研究感觉的学者。

我们不会严肃对待任何事物；我们认为感觉是唯一可以肯定的真实；我们把感觉看作避难所；我们在其中进行探索，就像探索什么未知的辽阔土地。除了积极从事审美的观察，我们也积极研究美的表达方法和效果，因为我们写诗或者散文——并非为了改变任何人的想法或者影响任何人的理解——就像朗诵一样，目的只是把阅读的主观欣喜完全客观化罢了。

我们清楚知道，一切创作都是不完美的，也知道最难判断好坏的就是我们计划要写的题目。不过，万物都不完美。没有一次日落是美得不能再美的，没有一次轻风吹拂带来的睡眠是甜得不能再甜的。想造小塑像的人和想造高山的人都一样，我们享受阅读和流逝的日子，做各式各样的梦，把它们转化成为我们的本质。我们也会描写和分析，完成之后就会成为外在之物，可以供我们阅读欣赏，仿佛它们是某一天偶然出现的东西。

像维尼那种悲观主义者不会有这种观点，他把生活看作监狱而他在里面编织稻草来打发时间和忘记自己。悲观主义者把一切都看成悲剧，这态度又过分又别扭。不错，我们并不认为自己的作品有什么价值，我们也为打发时间而写作，但是我们跟为了忘记自己的不幸而编织稻草的囚徒不一样，我们可以比作为了打发时间而在枕头套上绣花的女孩。

我把生活看作小客栈，我住在那里是因为要等一辆从深渊来的马车。我不知道它会带我去什么地方，因为我什么都不知道。我可以把小客栈看作监狱，因为我必须在里面等；我也可以把它看作一个社交中心，因为我在那里结交其他人。可是我不焦急，也不跟别人交往。我不招惹那些关起门躺在床上睁着眼等待的人，也不招惹那些在大堂聊天的人，他们的歌声和谈话声不时飘到外面。我坐在门外，用眼睛和耳朵尽量欣赏享受风景的音色，我低声唱——只让自己听——一些在等待期间写成的、朦朦胧胧的歌。

黑夜会为所有的人降临，马车会在门前停下。我享受为我吹的和风，享受赋予我用以享受和风的灵魂。我不再提高，不再追求。我在旅客留言册上所写的东西，如果将来有其他旅客读到而认为可以解闷，那很好。假如他们不读，或者读了而不觉得可以解闷，那也没有关系。

"海难？不，我没有经历过……"

海难？不，我没有经历过。但印象中我所有的旅程都遇上海难，而每次遇救是在间歇性失去意识的时候。

朦胧的梦，迷糊的光，混乱的风景——所有的旅行在我的灵魂里只留下这些。

我有一种印象，觉得自己经历过各种颜色的时刻，各种味道的爱和各种尺寸的渴望。我一直过度地生活。我对自己从来不满足，即使在梦里。

我必须向你解释，我确实旅行过。可是一切迹象似乎都指向，我旅行的时候并不生活着。从一端到另一端，从北到南，从东到西，我因有一段过去而厌倦，因活于现在而不安，因不能不有未来而苦闷。不过我十分努力叫自己完全停留于现在，在心里杀死过去和未来。

我沿着河岸散步时忽然发觉自己并不知道河的名字。坐在外围城市的咖啡店里也会发觉一切都罩着梦一样的迷蒙气氛。我有时甚至觉得好像仍然坐在老家的桌子旁边做着梦发呆！我不能肯定是不是真的这样，是不是还在老家那里，这一切——包括跟你谈的这些话——是不是纯粹的假象。你到底是谁？同样荒谬的是，你也说不清楚……

"……我从巍峨的梦境回到……"

……我从巍峨的梦境回到里斯本市的助理簿记员身份。

这突变没有击倒我，反而解放了我。讽刺的是我的血。理论上应该让我觉得羞辱的，却成为我扬起的旗，而我自嘲的声音又是我吹响的号角，用以宣告——同时创造——即将转化的黎明。

一无是处而又伟大的，夜间的荣耀！没有人知道的庄严显赫……我突然兴起荒郊僧侣或者幽居隐士的崇高感觉，这感觉跟沙漠上，远离红尘的洞穴里的基督有关联。

在这个荒谬房间里的这张桌子上，我这个可怜的无名小职员写着似乎是救赎灵魂的字句。而且，我用远方崇山峻岭上那不可能的夕阳，用放弃物质享受换来的雕像，用我不屑一顾的俗世珍饰——这布道指头上的出家戒指，给自己镀金。

"我对生活要求很少……"

我对生活要求很少，可就是那么少也得不到。附近一片田野，一缕阳光，一点平静加一点燕麦面包，不因为知道自己存在而觉得压抑，不向别人要什么也没有人向我要什么——这一切都得不到，就像我们也许拒绝施舍给乞丐零钱，不是因为吝啬，只因为懒得解开外衣纽扣。

我在沉静的房间里闷闷写字，独自一个人，一直是这样，将来也永远这样。我不知道在我微弱的声音里是不是包含千万人声音的本质，有千万人对自我表达的渴望，有亿万灵魂以我一样的无奈接受日常的命运，有他们落空的梦想和无望的希望。在这样的时刻，我的心跳就因为我特别留意而加快。我的生活因紧张而更充实。我从内心泛起一种宗教力量，一种祈愿，一种公众的呼声。可是理性马上就纠正我……我记起自己处身于多拉朵列斯大街一座房子的第四层楼上，于是我在半睡半醒中自观。从未写满的纸页上抬起头来，我察看无聊又毫无美感的生活，望向正在伸手越过残旧的吸水纸去捺熄廉价香烟头那个烟灰缸。我，在这个四层楼上的房间里，审问生活，诉说灵魂的感觉，写散文，仿佛是个天才，是个名作家！我在这种地方，一个天才！……

"我羡慕——可是我不肯定……"

　　我羡慕——可是我不肯定是不是真的羡慕——那些可以让人写传记或者自己写传记的人。在自己这些随意（除了随意之外没有别的念头）的印象里，我现在随意写出我没有实事的自传。这是我的自白，如果我没有说出什么，那是因为没有什么可说的原故。

　　有什么有价值或者有用的东西可以自白呢？发生在我们身上的事情，也许已经发生在每个人身上，也许只发生在我们身上；假如每个人都遭遇过，那就不足为奇，假如只有我们自己遭遇过，那么别人就不会了解。我写自己的感觉，是为了降低感觉的热度。我自白的内容并不重要，因为一切都不重要。我用感觉造出各种风景。我用感觉造出许多假日。我很了解那些因悲伤而刺绣或者为打发时间而钩织的妇女。我的老婶母会花整个晚上玩单人纸牌游戏。这些感觉的自由就是我的单人纸牌游戏。我不会像那些占卜未来的人那样阐释纸牌。我不研究它们，因为单人纸牌游戏里的纸牌没有什么特殊意义。我拆解自己，像拆解一束五彩的毛线，或者拿自己造出绳子图案，就像钩在孩子们伸开的指头上轮流传递的绳圈图案一样。我只会关心不让大拇指漏掉它的圈圈。然后，一翻手，图案的花样就改变了。于是从头开始。

　　生活是依照别人指定的图样钩织。可是，钩织的时候，思想却是自由的，在象牙钩针一钩一挑之间，所有着了魔的王子都可以在他们的花园里散步。钩织物……间歇……虚无……

　　除此之外，我对自己还可以期望什么？我的感官全部敏锐到可怕的程度，对感觉的深刻体认……一种只能毁灭我的锐利神智，一种为自己解闷的、非凡的做梦能力……一种死去的意志以及一种把它当作活生生的婴儿一样抱住的怀想……是的，钩织……

"我所写的，丝毫不能改变……"

　　我所写的，丝毫不能改变我可哀的处境，我正在把这些字一个一个串联起来成为一本书，记录我的随想。书里面每一句表白，背后都有这个没用的我活着，就像只用来喝水的杯底的一点渣滓。我写文章犹如记账一样——谨慎而漠不关心。广阔的星空和这许多灵魂的奥义，不可知深渊的黑夜和毫无意义的混沌——在这一切旁边，我记在账册上的、我在这张纸上面所写的灵魂自由，同样都局限在多拉朵列斯大街里，比起宇宙的广漠无际是小得多么可怜。

　　一切都是梦，是幻想，不管梦想是账目或者是美妙的散文，其实没有什么关系。梦见公主，难道比梦见办公室的大门更有用？我们所知的全是印象，我们的构造也只是外在的印象。一出音乐剧，我们自觉是剧中的演员同时也是自己的观众，假如得到市政府什么部门的批准，更可以是自己的神。

"我在镜里所见的自己的形象……"

　　我在镜里所见自己的形象，跟我在灵魂胸前拥抱的形象一样。我永远只能是瘦弱的，弓背的，即使在思想里。

　　与我有关的一切，都属于印在光面纸上的一个王子，他跟其他一些拓印图画纸一起贴在一个早已死去的小孩的旧照片簿里。

　　爱自己是怜悯自己。也许有一天，在接近未来尽头的某一天，有人会写一首关于我的诗，然后，我会开始统治我的王国。

　　我们存在，这个事实就是上帝，而且不仅仅这样。

"让每一种情绪有一种性格……"

让每一种情绪有一种性格，让每一种心境有一颗心！

女孩子们成群转出路弯处。她们一边走一边唱歌，她们的歌声是快乐的。我不知道她们是谁，也不知道她们的身份。我远远地听了一会儿，自己没有感觉，可是为她们悲哀的感觉涌上了心头。

为她们的未来？为她们的无意识？

不直接为她们，也许，归根究底，还是为自己。

"我羡慕所有的人……"

我羡慕所有的人，因为我不是他们。对于我，因为这是一切不可能事物中最不可能的，所以我每日期盼着，每个悲哀的时刻都使我绝望。

阳光的沉闷的爆裂烧灼我的视觉。一抹炽热的黄，凋萎在树木的暗绿里。麻木……

"不知道什么缘故，有时我会觉得……"

　　不知道什么缘故，有时我会觉得有点像死亡的预告……这可能是一种不明的疾病，因为没有具体的疼痛症状，大都精神化而最后归于无有。或者，这是一种厌倦，需要远比睡觉更深沉的休眠。我只知道，我的感觉像一个越病越重的人，直至他终于无悔地、安静地放松一直抓住床单的、软弱的双手。

　　我想知道，我们唤作死亡的东西究竟是什么。我说的不是死亡的神秘性，那是我永远不能明白的，我说的是身体在生命终结时的感觉，人害怕死亡，但并非绝对决然。正常的人在战场上可以是个好军人；正常的病人或者老人，在面对空无的深渊时很少恐慌，即使他知道那是空无。原因是，他没有想像力。只有最平庸的思想者才会把死亡看作休眠。如果死亡跟睡觉不同，为什么当作休眠？基本事实是，我们入睡之后还会醒来，而死亡之后就不会再醒。如果说死亡就像睡觉，那么我们会假定死后会苏醒，可是正常人想像的并非这样；他想像死亡是不会再醒的休眠，就是说，空无。我说，死亡不像休眠，因为休眠的人是活着睡的。我不知道死亡像什么，因为我们没有这种经验，也没有可供比较的东西。

　　每次看到尸体，我都觉得死亡是离别。尸体看起来好像是什么人遗下的衣服。人已走，不再需要他唯一的皮囊。

"雨声渗出静寂……"

雨声渗出静寂,逐渐加强、散开成为灰色的单调,覆盖我正在观看的狭窄街道。我半醒半睡,在窗旁站着,倚靠着窗,像倚靠一切。建筑物肮脏的外墙,特别是打开的窗子,把下坠的水线衬托得隐隐发亮。我看着雨,搜索自己的感觉。我不知道自己有什么感觉或者想有什么感觉。我不知道该怎么想,不知道自己是什么。

一直憋在心里的怨气,就在我没有感觉的眼睛前面脱下每天干杂务时穿着的愉快外衣。我发觉自己虽然常常表现得快乐和兴致勃勃,其实永远是悲愁的。体会这一点的那个我就在我后面,似乎在我靠在窗旁的身体后面弯着腰,在我的肩膀甚至我的头上,用比我更亲切的眼睛观看此刻下得比较慢,以曲线装饰着灰暗空气的雨。

逃避一切责任,即使是不属于我们的责任,抛弃所有家庭,即使是不属于我们的家庭。靠残羹和说不清的东西过活,披着疯人的紫色长袍和虚无皇族的冒牌花边……变成不会感觉外界雨的压力也不会感觉内心空虚痛苦的某种东西，任何一种东西……没有思想没有灵魂——没有感觉的感觉——随意漫步山路，穿过隐藏于险峻山坡之间的幽谷，走向不能回头的远方……消失在如昼的风景里……背景里一个彩色的非存在体……

我在窗子这一边感觉不到的一股轻风，打乱了有规律地下着的雨。看不见的一角天空开始放晴。我注意到这个是因为透过对面人家那个不干净的窗子，我看见了墙上的挂历。

我忘记。我不看。我不思想。

雨停了，有一阵子，空气里悬浮着细细的钻石末，仿佛是一张蓝色大桌布从高处抖下来的面包屑。我可以感觉到一部分天空已经放晴了。我可以从对面的窗子更清楚地看见挂历。上面有一个女人的面孔，其余的东西不难猜到，因为我记得，那牙膏的牌子，人人都知道。

可是，在我看得入迷之前，心里到底在想着什么呢？我不知道。努力？意志？人生？一大片光突然揭示出几乎完全蔚蓝的天空。但是我的心底没有——唉，永远不会有——安宁。在变卖了的农庄角落里的一口老井，属于别人的屋子阁楼上一段尘封的童年记忆。我没有安宁，甚至——唉！——不想有安宁……

（1930.3.14）

"抽象的智力活动……"

抽象的智力活动产生一切疲劳中最难受的疲劳。它不像肉体疲劳那样沉重，也不像情绪因波动而疲劳那样使人仓惶。它是我们因认知世界而产生的负担，一种灵魂的呼吸困难。

于是，像风吹云散一样，我们对人生的种种想法，我们对未来的希望所建立的一切理想和计划，都像烧成灰的雾一样散掉了，像从未有过而且永远不会有的什么破烂。然后，在这大破坏后面，荒凉的星空出现严峻的黑色孤独。

生命的神秘以各种方式使我们愁苦恐惧。它有时像没有形状的鬼魅，灵魂就因极度惊惶而发抖——那是对于无生命的化身怪物的惊惶。有时它跟随我们，只在我们不回头的时候才看得见，其大恐怖在于我们永远不能知道真相。

可是，今天摧毁我的恐怖并不那么高贵却又有更大的腐蚀力。它是摆脱要求思想的渴望，是希望自己从来不是什么，是肉体和灵魂每个细胞都感觉得到的、有意识的绝望。它是突然出现的、被囚于无穷大牢狱的感觉。如果牢狱就是一切，有什么办法逃走？

　　于是，我生出一种汹涌而来的感觉，一种寻找撒旦前的撒旦主义的欲望，期望有一天——没有时间限制、没有实质的一天——能找到脱离上帝的出路，让我们最深处的自我停止参预存在与非存在。

（1930.3.23）

"卡埃罗写过两行朴素的诗……"

　　卡埃罗写过两行朴素的诗，描述他对家乡小村子的看法，我闲闲地重读的时候体会到启示和解放的感觉。因为面积小，他说，所以在那里看到的世界比在城市里见到的世界多些，因此，他的村子比城市大些……

> 因为我是我所见视象的尺码
> 而不是我的身材的尺码。

　　无论作者是谁，这样的诗句似乎是自然形成的，我机械地给生活贴上的玄学标签都被它们清除了。读过之后，我走到窗前俯视狭窄的街道，观望空阔的天和数不尽的星星。我自由了，有一双光华的翅膀，拍动的时候让我觉得全身颤动。

　　"我是我所见视象的尺码！"每次我仔细思考这句子，就更加觉得它注定要重新设计整个星辰宇宙。"我是我所见视象的尺码！"心灵的财富多么大啊，从感情的深井到远天的星，井水反映星光，在某种意义上，星在井里！

现在，我知道自己看得见了，因此有肯定的信心去观察整个天空无涯的客观玄秘。这种信心使我希望唱着歌死去。"我是我所见视象的尺码！"完全属于我的迷蒙月色，开始迷蒙蓝黑色的地平线。

我想高举双臂大声号叫一些疯话，想对高高在上的奥秘讲一些什么，想为空虚物质的无边际空间确定一种巨大的新品格。

但是，我控制自己，平静下来。"我是我所见视象的尺码！"那句子成为我的整个灵魂，我把全部感情交给它，而入夜后的月亮开始亮出冷冷的光。在我周围，在我内心，即如在外面的城市一样，洒下难以解释的宁静。

（1930.3.24）

"跟塔古斯河上空那些不安地飞来飞去的……"

　　跟塔古斯河上空那些不安地飞来飞去的白翅膀海鸥对比，南面黑色的天空看起来有邪恶的感觉。但风暴已经过去了。威胁下雨的大团黑色已经移到远岸，因为刚下过微雨而仍然湿漉漉的市中心区，从地面向开始由白转蓝的北方天空微笑。清凉的春天空气有点寒意。

　　在这样不可思议的空虚时刻，我喜欢专心冥想，完全没有内容的，但是能够在透明的虚空之中，在这个以黑色天空为背景的白日，在雨后荒凉的寒意里，捕捉一点什么，捕捉某种凭借对比——像海鸥——而造成一切皆黑印象的直觉。

　　可是，跟我的文学意愿相反，南方黑色天空的深处——由于真实或虚假的记忆——忽然让我想起可能在另一生见过的另一片天空。在北方有小河流过的地方，河里长着忧愁的蒲草，没有城市。一幅野鸭生长区的风景，不知如何就在我的想像中展开，而我觉得自己就处身在那景色之中，像一切异梦那么清清楚楚。

行猎和悲痛的土地，蒲草沿着河生长。河岸有许多污秽的小岬角，参差地伸进铅黄色的河水，又伸延回到只能容纳玩具型小船的泥泞河湾。那是河岸的凹口，是闪着泥浆光泽的沼泽地，长满暗绿色的蒲草，浓密到不能涉足……

死灰色天空的荒凉，在这里那里皱成多黑少灰的云层。有风，但我感觉不到。对岸原来是个长岛，岛后面——被遗弃的大河——隐约可见真正的河岸，在没有尽头的远景里。

没有人的地方，没有人会去的地方。即使我能够在时间和空间里退去，离开这个世界而回到那个景色里去，也没有人会跟我做伴。我会无奈地等待不知道自己在等的什么东西，结果只会见到夜幕慢慢降落，整个空间逐渐变成最黑的云那种颜色，又一点一点地消失于死灭的巨大天空。

忽然，在这里，我感觉到那里的寒冷。它从我的骨头渗出，使我的肌肉发颤。我喘着气醒来。在证券交易所外面迎面走过的男人疑心地向我瞪望，他自己也不知道为什么。黑色的天空更低地压向河的南岸。

（1930.4.4）

"人类灵魂的一生……"

人类灵魂的一生都只是阴影里的活动。我们活在意识的黄昏里，跟我们的身份或我们假设的身份永远不一致。每个人都有某种虚荣心，其中有我们不能肯定属于什么程度的错误。我们是表演中场休息时继续工作的人，有时通过一些门，瞥见一些布景。世界是一大团混乱，像晚上的人声。

我再读了刚才神智清晰地写下的东西，那种清晰只保留在纸上。我问自己：这是什么？这有什么用处？在我有感觉的时候，我是谁？我活着的时候，内心有什么死去？

像山上的人想看清楚山谷里的人那样，我从高处俯视自己，我，还有别的一切，是一幅朦胧迷乱的风景。

我的灵魂裂出一个深洞的时候，最细微的末节都会像绝命书一样使我沮丧。我觉得自己永远在觉醒的边沿。我感到自己肉身的压力，最后窒息。如果能发出声音，我会高声尖叫。可是，在我的一组感觉与另一组感觉之间有浓厚的休眠意识在移动，像漂流的浮云，使原野上半明半暗的青草出现翠绿与太阳的各种色彩。

我像一个无目标的找寻者，不知道要找什么，也不知道想找的东西藏在哪里。我们独自玩捉迷藏。这一切里有一种超卓的秘技，有一种只能听的流动的神性。

不错，我又读了这几页纸，它们代表浪费了的时间，短暂的幻觉或者瞬息的平静，注进风景里的巨大希望，密室一样的悲怆，一些声音，沉重的厌倦，未写的福音书。

我们都有虚荣心，这虚荣心是一种手段，让我们藉此忘记别人也像我们一样有灵魂。我的虚荣包括几页文字，一些段落，怀疑……

我再读过？谎话！我不敢重读。我不能重读。重读对我有什么好处？文字里所写的是另一个人。我已经什么都不明白……

（1930.4.10）

"下着大雨，大些，更大些……"

下着大雨，大些，更大些……似乎在外面的一片漆黑里有什么就要塌下来……

整个凹凸不平的城今天看起来像一片大平原，被雨覆盖着的平原。极目所及，到处是雨水的淡墨色。

我充满古怪感觉，全是冷冰冰的。此刻我觉得全部风景都是一层雾，这雾就是遮住风景的建筑物。

想到自己消失之后会变成什么而产生的前期精神病压迫我的肉体和灵魂。关于未来死亡的荒谬记忆使我的脊骨打冷战。在直觉的雾气里，我觉得自己是雨里面一件下坠的死物，呼啸的风在为我举哀。将来不会再有因感觉这个念头而产生的寒意，咬啮我现在的心。

"如果我没有什么长处……"

如果我没有什么长处，最少，我能够永远保持着自由的、不受约束的新鲜感觉能力。

今天，在阿尔马达新街走着的时候，偶然注意到走在前面的男人的背部。平凡的男人的平凡的背，一个衣着随便偶然经过的路人。他的左臂夹着旧公事包，右手握住一把收拢的雨伞的曲柄，按自己走动的节拍敲打路面。

我忽然对这男人生出一种温情。这种感觉之产生，是因为看到世人的庸碌，每日上班养家活口，为了他卑微而幸福的家，为了他生命中一定会有的苦与乐，为了不必分析的简朴生活，为了外衣底下的背脊的天然动物性。

我的视线再落在男人的背上，那是让我透视这些想法的窗子。

看一个睡着的人也有同样的感觉。我们入睡之后都会再变成小孩。也许因为我们睡着了就不能做坏事而且对生活也没有知觉，最凶恶的罪犯和最自私的自我主义者，只要睡着了，就有一种天然的魔法使他们变得圣洁。我觉得，杀一个睡着的人跟杀一个小孩没有什么分别。

这男人的背是睡着了的，他在我前面以相同速度走着的整个人是睡着了的。他下意识地走路，下意识地生活。他睡觉，我们都睡觉。人生是梦。没有人知道自己在干什么，没有人知道自己想要什么，没有人知道自己知道什么。我们睡着过活，永恒的定命的儿女。所以，每当这种感觉占据思想，我心里就会泛起无限温情，对全体童稚的人类，对整个入睡的社会，对众生，对万物。

这一刻，完全压倒我的是直接的人道主义，没有目标也没有结论。我生出的温柔感觉就像自己用神的眼睛看世界，仿佛受世上唯一有知觉者的慈悲所感动而观看世人。可怜的苦人，可怜的人类！他们都在这里干什么？

人生一切活动和目标，从单纯的肺叶寿命到城市建设到帝国的划定，在我看来都只是一种半睡眠状态，是一种现实与另一种现实之间，绝对的一天与另一天之间非自愿的做梦或喘息。夜里，我好比一个抽象的母亲，低头细望一好一坏两个孩子，他们在入睡之后是平等的，都是我的，我对他们的爱怜无穷无尽。

我强迫自己把视线从前面那男人的背部移向街上其他行人，以那茫然不觉被跟随的人在我心里引起的、同样冷漠而可笑的温情拥抱他们全体每一个人。他们跟他一样：年轻女子们叽叽喳喳地去工作的店子，年轻人笑哈哈上办公室，大胸脯的女佣带着大包小包杂货回家，送货员跟着送第一批货——都是同一种无意识在不同面孔和不同身体上的不同表现，像一只无形的手用手指操纵的提线木偶。他们用各种形态和姿势各自活动以表达他们的意识，但是他们其实对一切都不知不觉，因为他们并不知道自己有意识。无论聪明或者愚蠢，他们其实都同样愚蠢。无论年老或者年轻，他们的年纪都一样。无论是男是女，他们都属于同一种不存在的性别。

"我为自己不完美的文字哭泣……"

我为自己不完美的文字哭泣，可是对于未来时代的读者，我的哭泣一定比我可能达到的完美更有感动力，因为完美不会让我哭，所以也不会推动我写作。完美是永远不能实现的。圣徒是人，会哭，但上帝沉默。这就是我们可以爱圣徒而不能爱上帝的原故。

"像刚刚开始那么轻淡，落潮……"

　　像刚刚开始那么轻淡，落潮的气味飘过塔古斯河，在近岸的街道散放腐臭。让人恶心的刺鼻臭气带着微温海水那种冷漠的麻木。我觉得生命落进胃里，我的嗅觉转移到眼睛后面。疏落的大云团悬在半空，它们的灰色解体成为虚假的白。怯懦的天似乎在用空气造的、听不见的雷声恫吓大气层。

　　甚至海鸥的飞翔也变得呆滞，好像是什么人放在那里似的，比空气更轻。没有什么受到压迫。近暮的不安是我自己的感觉。清凉的微风断续地吹。

　　从不甘心地过着的生活产生的、注定落空的希望！它们像这个时刻，像这空气，像没有雾的雾，像拆散了的假风暴的缝线。我想尖叫，想抹掉风景，想停止思想。然而海水的臭气渗进了我的意志，内心的退潮又暴露出稍远处的污黑淤泥，那是我凭嗅觉看见的。

　　对于自足的全部愚昧坚持！对于佯伪感觉的全部犬儒式认知！我的灵魂与这些感觉之间、我的思想与空气和河流之间的全部糊涂账——都只说明生活发臭而且在意识上给我痛苦。都只因为不懂得说出《约伯记》里面那句简单然而概括一切的话："我的灵魂厌倦我的性命！"

（1930.4.21）

"我永远生活于现在……"

　　我永远生活于现在。未来怎样我不知道，而过去已非我所有。前者具有一切可能性，使我感到压力，后者是虚无的现实。我无所企望，亦无所怀恋。已经知道以前的生活是什么样子——往往与心愿完全相反——我还能对明天的生活有什么假设，除了它会是我不假设不期望的样子，而发生在我身上的外来事件甚至会通过我的意志发生？过去没有任何事件能让我产生重复一次的空想。我从来只是自己的残渣或者幻影。我的过去代表跟我的愿望完全相反的一切。我甚至不思念曾经有过的感觉，因为感觉必须在目前的一刻——这一刻过去了，就不可能倒翻书页。故事会继续发展，不过内容会不一样。

　　市中心一棵树摇动的黑影，忧伤的池子轻悄的水声，修剪过的草地的绿——入夜前的公园啊，这一刻你就是我的整个宇宙，因为你是我有意识的感觉的全部内容。我对生活的要求，只是想感觉它消失在这样意料之外的黄昏里，消失于陌生儿童在这样的花园里玩游戏的笑声里。花园的周围是忧郁的街道，上面，在高高的树枝之外？是苍老的天空，星星又一次闪现。

（1930.6.13）

"如果生活的内容是在窗前站立不动……"

　　如果生活的内容是在窗前站立不动，如果我们可以在那里永远停住，像悬浮的烟，同时永远有同一刻的黄昏衬托群山的曲线……如果我们可以永远永远这样！如果，在不可能的这一边，我们可以这样继续下去，不必做任何动作，不必张开我们苍白的嘴唇再讲一句话！

　　看，天色这样转黑了……一切确实的静默使我充满愤怒，我呼吸的空气里也有怨气。我的灵魂发疼……一缕烟慢慢升起，在远处消散……不安定的沉闷使我停止想你……

　　一切都这么多余！我们和世界，以及我们和世界的奥秘。

"我为什么要担心没有人读我的作品?……"

　　我为什么要担心没有人读我的作品?我写作是为了忘记生活,我出版作品是因为那是游戏规则的一部分。假使我的作品明天全部丢失,我会觉得难过,但我想不会难过到闹脾气或者发狂,像有些准备用一生时间写作的人会做的那样。我大概会像失去儿子的母亲,几个月之后恢复正常。照顾山岭的大地,也会用比较不那么母性的方式照顾我的手稿。一切都不重要,我相信在现实生活,不少人如果盼望小孩上床后的宁静,就会对不肯睡的小孩失去耐心。

"我没有愤慨的感觉……"

　　我没有愤慨的感觉，因为愤慨属于强者；我不会逆来顺受，因为逆来顺受属于高贵的人；我不会哑忍，因为沉默属于伟人。我不强、不高贵也不伟大。我受苦，我做梦。我诉苦，因为我是弱者。然而我是艺术家，所以我给诉苦加上音乐性，又按照自己对美的看法安排美丽的梦境，借此娱乐自己。

　　我只恨自己不是小孩，否则便可以相信梦，也恨自己不是疯子，否则可以阻止周围的人接近我的灵魂。

　　把梦看作现实，又过分认真地活在梦里，使梦幻生活的虚假玫瑰长出了刺：连梦也不能让我高兴了，因为我看穿了它的缺点。

　　甚至把窗子漆成五彩也挡不住街上的生活噪音了，而外面的人并不知道我在观察。

创立消极主义的人是幸福的！除了得到成就的庇荫，还可以为他们的宇宙性受难理论感到高兴并且把自己也纳入其中。

我不埋怨世界。我不用宇宙的名义抗议。我不是悲观主义者。我受苦，所以诉苦，但我不知道受苦是否属于正常，也不知道受苦是否属于人性。我何必知道？

我受的苦，不知道是否我所应受（被追猎的鹿）。

我不是悲观主义者。我悲哀。

"因为无事可做……"

　　因为无事可做，连想做的事都没有，我准备就在这页纸上列出我的理想——

注　意

　　用维埃拉①风格表达马拉美的敏感性；用贺拉斯的身体做魏尔伦的梦；做月色里的荷马。

　　用一切方法感知一切；学会用感情思考，用理性感觉；除了通过想像，欲望不可太多；受苦时应该高傲；仔细观察以求写得准确；通过外交手腕和伪装认识自己；归化成为另一个人并且拥有一切必需证件；总而言之，用尽一切内在感知能力，把它们层层剥下来直至发现上帝，然后再包裹起来放进橱窗，就像我此刻看见那个推销员摆弄小盒的新鞋油一样。

　　这些理想，可能的或不可能的，到此为止。现在我面对的

_____

　　①　Father Antonio Vieira（约1608—1696），出版过许多布道文，文体华丽。

现实甚至不是推销员（我看不见他）而只是他的手，是可笑的触须，属于一个有家庭有定命的灵魂，像没有网的蜘蛛一样扭动着，把小盒子的鞋油放进橱窗。

　　一个盒子落在地上，像我们所有人的命运。

"……世界——本能力量的粪堆……"

……世界——本能力量的粪堆，可是太阳下面能闪现淡淡的光和黑色的金。

我的看法是，瘟疫、飓风和战争都是同一股盲目力量造出来的，有时利用微生物，有时利用无意识的水和雷电，有时利用无意识的人。对我来说，地震和大屠杀的分别，不过是用力杀人和用匕首杀人的分别。从山顶推下一块大石，或者在人心里挑动嫉忌和贪婪，同样足以引发人性中之邪恶，至于其结果对自己是好是坏，对他都不重要。大石落下压死人，贪念和妒念推动一只手杀人。这就是世界——一个本能力量的粪堆，可是在太阳下面能闪现淡淡的光和黑色的金。

为了对抗作为一切事物基本元素的粗暴冷漠，神秘主义者发觉最好的办法是舍弃。否定世界，转身背向它，就像忽然发觉自己站在泥沼边沿而转背一样。像佛陀那样否定它的绝对现实，像基督那样否定它的相对现实。……

我对生活别无他求，只求它别对我有所求。在我从来未拥有过的小屋门前，我坐在从来没有在那里出现过的阳光里，享受这个疲倦了的现实中的未来老年（幸好我尚未到达那里）。还没有死，在人生中已经够苦了，而仍然抱着希望……

……不做梦的时候，我满意我的梦。唯有远离现实世界做着梦，我才会满意世界。一个荡动的钟摆，来来去去，永远到不了目的地，永远受困于一个中心点和一种无效运动的双重宿命。

"每一种奋斗……"

　　每一种奋斗，无论为了什么目标，在现实生活中总是要调整的，它会变成另一种奋斗，服务于另一种目标，有时结果会跟原定的目标完全相反。只有卑微的目标，值得我们追求，因为只有卑微的目标可以完全达成。如果我奋斗是为了财富，我可以通过某种手段达到目的；这是卑微的目标，像所有可以量化的目标一样，无论属于私人性质或非私人性质，它是可以达到的，可以证实的。可是，我怎样才可以完成为国家效力，或者把人类文化丰富起来，或者改良人类等等愿望呢？我不能肯定什么是正确的行动路线，也不能证实是不是已经达到目的。

"外面，是柔和的月夜……"

外面，是柔和的月夜，被柔和的风吹动的东西投出晃动的影子。也许只是楼上晾着的衣服，但是影子不知道自己从衬衫那里来，它们在静寂的和谐中跟别的东西一起晃动。

我因为想早些起来，所以让百叶窗开着，可是我一直不能入睡又不能保持完全清醒，而夜已经深了，听不到一点声音。月色浮在我黑暗的房间外面，没有从窗子渗进来。它像一个空洞的银色的日子。我在床上看得见对面建筑物的屋顶，像是带黑的白色液体。在月亮的冷硬光线里有一种忧伤的宁静，像向什么听不见的人宣读崇高的祝贺词。

我不看，不思想，我的眼皮盖在不存在的睡眠上，我推敲可以真切描写月色的语词。以前的人会用银色或者白色。可是这种假设的白色其实包藏着许多颜色。如果我下床到窗前看窗玻璃外的景象，我知道自己会看见高处寂寞的月色是灰白，蓝之中带着淡淡的黄。在沉默的建筑物深深浅浅的黑暗屋顶，月色是白中带黑，在最高的棕红屋瓦上又是一种没有颜色的颜色。在街道的尽头——一个平静的深渊，铺着不同圆滑度的赤裸的石子——就只有蓝色，也许来自石子的灰色。在地平线的深处，它一定是深蓝，但是跟天空深处的深蓝不一样。照射在窗子上的月色是黑色的黄。

在我这张床上，如果我张开我充满睡意却不能入睡的眼睛望出去，月色却像变成了颜色的雪，里面浮动着温暖的贝母线条。假如我靠感觉思考，它会是由沉闷转化而成的白色阴影，慢慢地转黑，就像这朦胧的白正在被眼皮掩盖。

"每次完成一篇作品……"

　　每次完成一篇作品，我都会觉得震惊。震惊而且沮丧。我的完美主义本能应该阻止我完成它，甚至应该阻止我开始着手。可是我分了神，竟开始了。我得到的并不是意志力坚持的结果而是意志力投降的结果。我动手干是因为没有力量去思想；我完成是因为没有勇气放弃。这本书代表我的懦弱。

　　我常常打断思路，插入一段风景的描写，以某种方式使之切合我真正的或想像的内容结构。这是因为风景是一扇门，可以让我逃避自己缺乏创作能力这种认识。这本书里的文字是我跟自己的对话，在对话的时候我会忽然觉得想跟别人谈谈，于是就去招呼比方此刻仿佛因潮湿而发亮的屋顶上浮动的光；或者找市郊山边那些距离似乎近得出奇，温柔地摇曳着好像正在默默倒下的大树；或者找那些用窗口当作文字，像交叠的海报似的高档大厦，而垂死的太阳把它们的胶水染成金黄。

　　如果我不能写得好些，为什么要写？但是如果我不写出我能写的，不管多么配不起我，我会变成怎样？就我的野心来说，我是个俗人，因为我希望有成就；像怕黑的人，我没有胆量沉默。我是那种重视奖章甚于奋斗夺奖过程的人，我喜欢皮袍的光荣。

对于我，写作是不利自己的行为，但我不能放弃。写作就像我厌恨又不断吸食的毒品，是我既鄙视又依赖的毒瘾。有些毒药是必需的，有些非常难于鉴定，含有灵魂的成分，从梦的废墟采来的植物。我们理想的坟墓旁边的黑罂粟，以及枝叶婆娑的无名树的长叶，它们生长在灵魂冥河有回音的两岸上。

写作是丢失自己，不错，不过，每个人都会丢失，因为一切物件都会丢失。我呢，丢失自己的时候却没有喜悦的感觉——不像注定流向大海的河而像潮涨时在沙滩上留下的小水洼，被困的水永远不会回归大海，只会渗进沙里。

"有些人工作是因为无聊……"

有些人工作是因为无聊，有时我写作是因为没有什么话想说。不思想的人自然而然会做白日梦，我的白日梦却是写出来的，因为我懂得用散文做梦。我的感觉，有许多是诚恳的，而且我能够从不感觉中抽取真挚的感情。

有些时刻，生活空虚的感觉会浓得简直具有实物的密度。行动型的伟大人物，就是说，圣徒们，他们的行动不会是半冷不热而是全心全意的，对于他们，生命虚无的感觉可以引申成为无穷大。他们给自己戴上黑夜和星辰的冠冕，涂上静默和孤独的圣油。对于卑微的我所归属的、不行动型的伟大人物，同样的空虚感觉却会引向无穷小；感觉像橡胶圈一样被拉扯到暴露出宽松结构的细孔。

在这样的时刻，两种人同样喜欢睡，正如非行动型亦非不行动型仅仅反映人类属性的普通人一样。睡眠是与上帝融合，是涅槃或者随便什么名称。睡眠是分析感觉的缓慢过程，不管是用于灵魂的原子科学或是让我们随意打盹的音乐，是单调的拼字游戏。

写作的时候，我会斟酌字句，像视而不见地观看商店橱窗一样，结果留下来的是朦胧的意义和朦胧的表情，像看不清楚的纺织品的颜色，像不知道用什么东西凑成的悦目的展品。我写作是摇晃自己，像发疯的母亲摇晃死去的孩子。

有一天，不知道是哪一天，我发觉自己活在世界上，显然是出生过的，而从那个时候开始就一直毫无感觉地活着。我向人打听我在什么地方，每个人都误导我，而且他们互相矛盾。我要求他们告诉我该做什么，他们都说了假话，而且每个人说的都不相同。我迷惑地在路上停下来的时候，他们都因为我不继续走向不知道什么地方或者回头走而吃惊——我在十字路口醒来，不知道自己从哪里来。我看见自己在舞台上，不知道其他熟练地念台词的人扮演什么角色，而他们自己也不知道。我看见自己穿着皇室侍从的服饰，可是他们没有给我一个女王却又责备我没有女王。我看见自己手里拿着传讯的纸条，但我告诉他们纸条上没有字的时候，他们就取笑我。我到现在还不知道，他们笑我是因为全部纸条都没有字，还是因为全部信息都需要猜测。

最后，我在十字路口的大石上坐下来，就像在我从来未曾有过的壁炉前坐下。我开始，独自一个人，用他们给我的谎话折纸船。没有人肯相信我，甚至不相信我是骗子，没有湖可以让我测试我的真话。

失落的闲言闲语，随意拾取的隐喻，被暧昧的忧思拴在阴影上……在不知道什么花园小径上度过的残余好时光……熄掉的灯，以它在黑暗中闪动的金色纪念死去的光……不抛向天空而扔在地上的语词，从人软弱无力的手落下，像从一棵看不见的大树飘落手上的枯叶……怀恋一个不知名的农庄里的水池……衷心思念从未发生过的一切。

　　活着！活着！最少，希望我在阎王夫人的床上睡得安稳。

（1931.3.10）

"雨云转移到南方之后……"

雨云转移到南方之后，只留下赶走它的风。快乐稳定的阳光回到城市的小山群，洗过的白色衣物开始出现，在各种颜色的房屋高层窗外的晾衣绳子上飘拂。

我也觉得快乐，因为我活着。我怀着大志愿离开租住的房子，志愿只是依时赶到办公室。可是这一天，强制的生活碰上另一种完善的强制，使太阳不得不依照天文历法的规则在指定时间照射地球上某个经纬度的地方。我因为无法觉得不快乐而快乐。我无忧无虑地在街上走，充满信心，因为我工作的地方和跟我一起工作的人，毕竟都是实在的。难怪我觉得无拘无束，不必知道是什么拘束。帕拉塔大街两旁放在篮子里摆卖的香蕉，在阳光里显得特别黄。

我确实很容易满足：雨停了，快乐的南方太阳耀眼，因为有梅花黑斑而变得更黄的香蕉，叫卖香蕉的声音；帕拉塔大街的人行道，路尽处，蓝中带绿带金的塔古斯河，整个宇宙里的这个熟悉的角落。

将来，有一天，我会再看不见这一切，而人行道旁却还有香蕉，还有女小贩尖锐的叫卖声，对面街角还有男孩的报摊。当然，我知道那是另一些香蕉，另一女小贩，在报摊前弯腰看的人会看见不属于今天的日期。因为没有生命，所以能以另外的身份延续。我呢，因为有生命，虽然保留了身份，却不能不走。

　　只要买一些香蕉，我就可以轻易记住这一刻，因为今天所有的阳光都集中在它们那里，像没有光源的射灯。可是我顾虑仪式和象征，也顾虑在街上买东西。他们也许不会把香蕉包好。因为我不懂得正确的购买方式，他们也许就用不正确的售卖方式。他们也许认为我问价钱的声音有点奇怪。还是写下来比放胆过生活好些，即使过生活的意思只是在有阳光的时刻、有香蕉的季节里买香蕉。

　　过一阵吧，也许……是的，过一阵……下一次，也许……或者，也许不……

（1931.6.30）

"斜坡带引我们去磨坊……"

斜坡带引我们去磨坊，但努力却什么都没有带来。

这是早秋的一个下午，天空有一种寒冷的、死的温暖，云层以潮湿的毯子遮住光。

定命只给我两种东西：账簿和做梦的天分。

"黄昏变成黑夜之前……"

黄昏变成黑夜之前，由最后的光造成的淡淡阴影里，我喜欢随意漫步转变中的城市街道，脑里什么都不想，好像一切都无可救药那样走着。我有一种朦胧的伤感，在想像中比感觉上愉快些。我移动双脚的时候，心里同时也在翻阅而不细读一本书，书的内文加插图形，让我慢慢形成一种不完全的理解。

有些人读书跟看书同样快速，读完之后并不知道全部内容。我翻阅脑里那本书却隐约看出一个故事，另一个漫步者的记忆，关于黄昏和月色的描写，其中有花园小径，有穿着各色丝绸衣服的人走过，走过……

我对于一种烦闷和另一种烦闷没有偏见。我在街上、在黄昏里、在我做着梦读书的时候走着，街道是确实被我走过的。我出境、休息，仿佛在一艘已经航出大海的船上。

忽然，那弯曲的长街两边的死街灯一下子同时亮了起来。我的伤感也一下子重了。书已经翻完。抽象街道上凝滞的空气里只有一根外在感觉的线，像白痴命运的口涎，一滴滴落在我灵魂的意识上。

另一个生命，入夜的城市。另一个灵魂，那观看夜色的人。我犹豫地、寓言人物似的走着，感觉敏锐得不真实。我仿佛是什么人讲过的故事，讲得那么好，作为现实世界的这本小说，某一章，开头就凑上了我："这时候可以看见一个男人在某某街上正慢慢地走。"

我该拿生活怎么办？

（1931.7.13）

"无论生活多么苦……"

　　无论生活多么苦，普通人最少还有一种乐趣，就是不去想它。随遇而安，像猫狗一样过日子——一般人是这样生活的。如果我们想得到猫狗的满足，生活也是应该这样过的。

　　思考等于破坏。思想本身就在思考过程里受到破坏，因为思考是分解。人如果知道怎样思考生命的奥秘，人如果知道行动的每一个细节都有一千种复杂的东西在窥伺着灵魂，他们就永远不想做任何行动——他们甚至不想活。他们会害怕到杀死自己，像因为逃避第二天上断头台而自杀的人一样。

"有时，我会怀着凄凉的欣慰想像……"

有时，我会怀着凄凉的欣慰想像，假使将来（没有我的份儿）某一天，有人读并且欣赏我写的文句，那么我终于有自己的亲人了，他们了解我，是我真正的家人，我出生在他们中间，被他们爱护。不过，我其实不但没有在他们之间出生，而且早就死了。得到了解的只是我的假人，爱不能补偿死者在生时注定要受的冷漠。

也许他们有一天会明白，我已经用自己的方式，完成了自己本能的责任去诠释我们这个世纪的一部分；明白这一点之后，他们会说，我在自己的年代里被人误解，说我不幸被周围的人冷漠对待，而且对我的作品麻木不仁；又说这种事发生在我身上确实可惜。说这种话的将来的人，一定也不能了解他同时代的文人，正如我这个年代的人不能了解我。因为人只会学到对他的曾祖父辈有用的东西。正确的生活方式，只能传授给死人。

我现在写作的这个下午，雨终于停了。空气中有一种喜悦，让皮肤觉得几乎太凉。将尽的白昼不是灰而是淡蓝色。甚至街上的石子也显出朦胧的蓝意。活着使人疼痛，但那痛是遥远的。感觉并不重要。一两家商店的橱窗亮了。一个上层楼房的窗口有人观看街上的工人结束干了一天的活。在我身边擦过的乞丐如果认得我，一定会大吃一惊。

这个迷离的时刻，在建筑物反射那种时深时浅的蓝调子中流连了一阵。

有信念的、失落的人，即使在痛苦中仍怀着无意识的喜悦，如常劳动的这一天，白昼在最后时刻轻轻地落下。最后的光波，这个没用的下午的忧郁，渗进我心里的、没有雾的迷蒙，轻轻地落下。在这个水一样的下午闪动的淡蓝，轻轻地、悄悄地落下——轻轻地、悄悄地、悲哀地落在寒冷单纯的大地上。看不见的灰，恼人的单调，失眠的厌烦，轻轻地落下。

"最痛的感觉……"

　　最痛的感觉，最伤的情感，都是荒谬的：因为明知不可能而渴求一些不可能的东西；怀恋一些没有发生过的事情；追求一些本来可能得到而得不到的东西；悔恨自己不是另一个人；不满意生存的世界。所有这些灵魂的幽明意识在我们心里形成一幅苦痛的风景，形成我们的永恒日落。我们对于自己的感觉好比暮色中一片荒地，没有船的河边长着忧愁的芦苇，河水在宽阔的两岸之间越来越变得暗黑。

　　我不知道这些感觉是不是沮丧引发的慢性疯狂，或者是我们以前在其他世界上生活的记忆——混乱、交错的记忆，仿佛梦中所见，以荒谬的形态出现。如果我们知道，就会明白它们的出身并不荒谬。我不知道我们以前是不是别的生物，在我们今天生活的二维空间，只能够不完整地想像这些生物较高的完整性，从而粗略忖测它们已经失去的实质，而今天的我们只是它们的缩影。

　　我知道这些有关情绪的思维给灵魂带来大痛苦。我们既无法知道有什么可以跟它们比对，亦不可能找到什么去代替我们在想像中拥抱的东西——这一切重压就像不知道在什么地方、以什么理由、由什么人宣读的判罪书。

但是，所有这些感觉造成的结果，是对生活和一切生活形态无可避免的反感，是对一切不同欲望的预先厌倦，是对一切感觉的普遍憎恶。在这样极度悲痛的时刻，即使做梦也不可能成为情人或者英雄，也不能快乐。这一切都是空的，甚至我们对它的看法也是空的。全部是我们听不懂的语言——不可理解的无意义单音。空洞的生活，空洞的灵魂，空洞的世界。诸神已经全部死得比死更死。一切比虚空更空。一切是无物之物的大混乱。

这样想着，如果抬眼张望，看现实能不能为我解渴，我只看到没有表情的屋门，没有表情的面孔，没有表情的姿势。石头、躯体、意念——都是死的。一切运动是全面的大静止。一切对我毫无意义。一切都非我所知，不因为它们陌生，只因为我不知道它们是什么。世界已经溜走。在我的灵魂——这一刻，它是唯一的真实——最深处有一种无形的巨大伤痛，一种悲哀，像暗室里的哭声。

（1931.9.3）

"我以忿忿不平的心情为时间流逝伤心……"

　　我以忿忿不平的心情为时间流逝伤心。无论什么东西，在舍弃的时候，情绪波动总是夸大了的。住过几个月的那个租来的丑陋房间，住过六天的那家乡村旅店的餐桌，甚至我在那里待了两个钟头等火车的那个可怜的车站候车室——不错，失去它们使我伤心。可是生活中一些特别的东西——在我离开它们的时候，在我的每一根神经都感觉到我以后永远不会，至少不会在完全相同的一刻，再见到或者再拥有它们的时候——我的伤心是抽象的。我的灵魂裂开一条大缝，天国的冷风吹过我苍白的面孔。

　　时间！过去！有些东西——声音、歌、偶然飘过的香气——揭起我灵魂里记忆的帷幕……永远不再有的、过去的我！永远不会再拥有的、过去的所有！死了！在我的童年岁月里爱过我的死者。每次想起他们，我的整个灵魂就会颤抖。我会觉得自己被放逐到所有心灵之外，独自在自己的黑夜里，像乞丐一样，在所有沉默紧闭的门前哭泣。

"我们不知道白日的尽头……"

　　我们不知道白日的尽头会不会变成自己心里无奈的悲怆，也不知道自己会不会仅仅是阴影里的幻象，而现实又仅仅是一片大静寂，其中并没有野鸭跌进长着乱七八糟僵硬水草的水塘。我们什么都不知道。过去了的是儿时听过的故事的残余记忆，如今变作纠缠的水藻；尚未出现的是温柔的天空，有迷雾在微风中散开成为星星。空寺庙里有酬神的烛光，不安地闪动，在废弃的庭院里。池水在阳光下凝滞。许久之前刻在树上的名字已经失去意义。无名氏的特权书散在地上，像撕碎的纸条，遇到阻碍物才会停下。有人会跟别的人在同一个窗口张望；忘掉邪恶阴影的人会继续沉睡，怀念着从来未曾有过的阳光；而静坐不动地探险的我，会无悔地落进湿烂的芦苇丛，沾满来自附近河流和厌倦感觉的泥浆，在秋天广漠的黄昏里，在不可能的远方。经历这一切，在白日梦背后，我会触及自己的灵魂，像一声赤裸裸的悲叫，一声凄厉的长号，在世界的黑暗里徒然发响。

（1931.9.15）

"云……今天，我意识到天空……"

　　云……今天，我意识到天空，但有些日子，我只感觉到它而不会望它。我在都市生活，不在包括都市的自然世界生活。云……今天，它是主要的现实，它让我发愁，似乎阴天是我命中注定的大祸之一。云……它们从海那边飘到城堡那边，从西至东，片片散开的乱云：褴褛地飘到不知道什么前面时是白色的；迟疑不前的时候是半黑的，等着风把它们吹走；拖拖拉拉地到达街上密麻麻房屋之间没有规律的空间的时候，它们就变成黑色，糅合着肮脏的白，让街道变暗的是它们，不是它们的阴影。

　　云……我活着的时候不知道什么云，死的时候也不想知道。我是"我是什么"与"我不是什么"之间，是梦想的我与现实的我之间的龃龊，现实生活把我造成一件有血肉的、抽象的、一般性的、不是东西的东西，而我本身也不是东西。云……我感觉的时候是多么不安心，思考的时候是多么不舒服，有欲望的时候是多么无奈！云……它们继续飘，有些大到似乎可以塞满整个天空（房屋挡住视线，我们不能肯定它们真有那么大），有些是说不清的大小，因为可能是两团拼成一团，或者一团准备裂成两团，在疲惫的天顶显得毫无意义；另外还有一些细小的，似乎是什么巨大动物的玩具，什么古怪游戏用的奇形怪状皮球而此刻孤单落寞地在天上搁在一旁。

云……我向自己提问而不认识自己。我做过的事都是没用的，将来做的事也不会有什么分别。我一部分生命已经用于胡乱演绎什么，另一部分又用于写作这些散文诗来抒发自己不可能传达的感觉，借此让自己拥有未知的宇宙。客观上主观上，我都讨厌自己。我讨厌一切，讨厌一切的一切性。云……它们是一切：大气层的碎片，今天是无价值的地球与不存在的天之间唯一真实的东西，造成我视为沉闷的那种难以描述的破烂，雾气凝结为无色的威吓，从没有墙的医院来的脏棉花团。云……它们像我一样，被某种无形冲动随意摆布的、天与地之间的破烂通道，有时打雷，有时不打雷，有时白色给人愉快，有时黑色散布阴霾，天地之向的游离假象，远离地上的尘嚣，但没有天上的宁静。云……它们继续飘，永远在飘，它们永远不停地飘，像一些色泽暗淡的线团，在胡乱拉长了的破烂的假天空上断断续续滚动。

（1931.9.15）

"白昼流畅地没入虚脱的紫色……"

　　白昼流畅地没入虚脱的紫色。谁都说不出我是谁，也不知道我本来是谁。我从不知名的山走进不知名的山谷，在柔弱的暮色里，我的脚步是留在林中空地上的轨迹。我所爱的每一个人都把我遗忘在阴影里。没有人知道最后一班船的时间。关于没有人会给我写的那封信，邮政局也没有消息。

　　然而一切都不真实。他们不肯透露没有人告诉过他们的任何一个故事，关于那个许久以前把希望寄托于虚假旅行而离去的人，那个霞雾与下不了决心前来的人所生的儿子，也没有人确实知道一点什么。在那些迟迟不肯离开的人之中，我知道一个名字，跟一切名字相同：影子。

　　　　　　　　　　　　　　　　　　　　（1931.9.16）

"周围的一切都在溜走……"

  周围的一切都在溜走。我的一生，我的记忆，我的想像和想像的内容，我的人格：都在溜走。我经常觉得自己是另一个人，另一个我在感觉，另一个我在思考，我在观看一出不同场景的戏剧，我观看自己。

  在我平时堆放文稿的抽屉里，有时会发现十年、十五年或更多年前写的东西，其中有许多似乎是陌生人写的；我认不出自己的声音。可是谁写出它们，如果不是我？我能感觉它们所写的事情，然而那就像另一种生活，像我刚刚从其中醒过来的，另一个人的梦。

  我常常会翻出年轻时，在十七岁或二十岁时写的作品，其中一部分所显示的表达能力，是我记不起曾经有过的。在踏出少年时期之后所写的某些句子和段落，又似乎是经过时间洗炼的今天的我所写。我看出现在的我跟过去的我没有分别。如果说，整体上我觉得自己比以前大有进步，而从前的我又跟现在一样，我不知道进步在哪里。

　　这是使我困窘不安的奥秘。

　　仅仅两三天之前，我重读了好久好久之前写的一篇短文而大感震惊。我很肯定，自己在几年之前才开始特别小心用字；可是在这抽屉里翻出来的老旧作品，却清楚显示出同样的细心。我那时候一定完全不了解自己。我怎么会进化而回到从前的样子呢？这一切变成使人困惑的迷宫，我在其中迷失了自己，离开了自己。

　　我让自己的思想游荡，我肯定此刻正在写一些从前已经写过的东西。我记得。我向那假设寄存于我的生灵打听，在关于感觉的柏拉图学说里，是不是有另一种不完全垂直的记忆——一种只许在今生出现的，关于前生的朦胧记忆……

　　上帝，我的上帝，我在看谁表演？我是多少个人？我是谁？在我和我自己之间隔着的是什么鸿沟？

"我有最相反的意见……"

我有最相反的意见，最分歧的信仰。因为思考、讲话或者行动的人，从来都不是我。永远有暂时寄身在我里面的一个梦代我思考、讲话和行动。我张开口，就有另一个我讲话。唯一让我觉得真正属于自己的，是完全的无能，广阔的空虚以及对于生活各方面的不够格。我不知道真正的行动是什么姿势……

我从来没有学会怎样过生活。

我向自己取得一切必需的东西。

我希望你读过这本书之后会觉得已经越过了一个感性的噩梦。

以前认为是道德的，现在对于我们是美学。以前是社会的，现在是个人。

如果我的内心已经有千变万化的黄昏——其中有些不是黄

昏——为什么还要看黄昏，而且除了看见内心的黄昏之外，我自己，无论内心或外表，也是黄昏，那么，为什么还要看黄昏？

"我比时间和空间更老……"

我比时间和空间更老，因为我有意识。万物由我衍生；整个自然界是我感觉的后代。

我寻找，却找不到。我想要，但得不到。

没有我，太阳还会升起还会落下；没有我，雨还会降，风还会吼。世上有季节，有年月，时间流逝，都不是为了我。

我是自己内心世界的主人，这世界像尘世的土地一样，非我所能带走。

"想像的插曲……"

……想像的插曲，我们唤作现实。

一连下了两天雨，雨水从阴冷灰暗的天空落下，那色调折磨我的灵魂。一连两天……感觉使我悲哀，我在窗前把它反映给滴水声和滂沱雨声。我的心受不了，我的记忆已经变成焦虑。

虽然我不觉得疲倦，也没有理由觉得疲倦，却很想马上睡觉。在快乐的童年里，邻家院子有一只翠绿色的鹦鹉。它的吱吱喳喳在下雨天也没有忧愁的味道，在它安身立命的家里，叫声永远保持不变的调子，像古老的留声机在悲哀的气氛里盘旋。

我想到这鹦鹉，是因为自己心境落寞，或者因为遥远的童年记忆？都不是，我想起它是因为我现在居住的房子对面院子里正有一只鹦鹉在呱呱乱叫。

一切颠三倒四。以为自己记起什么的时候，其实正想着别的东西；专心的时候认不出，分神的时候却看得清清楚楚。

我背向灰暗的窗子，玻璃触手冰冷，半明半暗的光影变幻，让我忽然看到老家隔壁院子里有一只呱呱叫的鹦鹉；一切已经过去，这个不可改变的事实，使我的眼睛沉入睡眠。

"灵魂的大悲剧是……"

灵魂的大悲剧是写出一篇作品然后发现文笔低劣。特别是发现自己尽了力也只能写出这样的东西，那就更加可怕。可是如果我们动笔之前就已经知道写出来的东西不会完美而且充满错误，同时在写的时候也看出它并不完美而充满错误——那才是最大的精神折磨和羞辱。我知道我不满意自己的诗，更知道不会满意自己将来写的诗。一种剑兰似的隐约直觉，让我在精神和肉体两方面都认识到这个。

那我为什么要写？因为，尽管我宣扬放弃，自己却还没有学会怎样彻底实行。我还没有学会怎样放弃对诗和散文的倾向。我一定要写——就像执行一种刑罚。而最严厉的刑罚莫过于预知自己只会写出完全无用、充满谬误、不知所谓的作品。

我童年已经开始写诗。那时写的是很坏的诗，但当时我觉得它们完美。自以为写出一篇完美作品而沾沾自喜的感觉，以后永远不会有了。我今天的作品比以前好得多，甚至比一些最好的作者所写的更好。可是它仍远远够不上我认为（不知道为什么）自己能够——也许应该说，应当达到的水准。我为自己少年时期的作品哭泣，就像哀悼死去的小孩、夭亡的儿子和消失了的最后一个希望。

"庄严的哀伤……"

庄严的哀伤，在一切伟大的事物里——高山和伟人，深夜和永恒的诗。

"对于我，做一个退休少校……"

对于我，做一个退休少校似乎是最理想的。可惜当退休少校不能永恒。

渴望完整使我置身于这种徒然抱憾的处境。

徒劳无功，生命的悲剧。

我的好奇心——云雀的姊妹。

落日狡狯的焦虑，黎明羞怯的裹尸布。

让我们在这里坐下。在这里可以看到更大的天空。星辰的广阔无际的天幕有抚慰作用。望着它，生活就少些痛苦；一把无形扇子轻轻吹送的空气凉快我们厌世的面孔。

"抚摸过基督的脚……"

抚摸过基督的脚，不能成为用错标点符号的借口。

假如某人只有喝醉酒才写得好文字，我会告诉他：喝个酩酊去吧。假如他说喝酒伤肝，我会说：你的肝是什么？是一件死物，要你活着它才有生命，而你写的诗会长生不死。

"今天我突然有一种荒诞
但是真实的感觉……"

今天我突然有一种荒诞但是真实的感觉。在一次内心的闪电中，我发现自己不是什么人。绝对不是什么人。那闪光显示，我本来以为是城市的地方，其实是一片荒野，而在那道让我看见自己的险恶的光里，头上并没有天空。在世界出现之前，我已经被剥夺存在的力量。假如我再世为人，也不会有自己，没有我自己的我。

我是一个虚无市镇的郊野，是关于一本未写的长篇小说的冗长评论。我不是任何人，完全不是。我不知道怎样感觉，怎样思想，怎样需要。我是未动笔的小说里的人物，在空气里飘荡，未成形已经四散，落进不懂得把我拼合的什么人的梦里。

我总是在思想、在感觉，但我的思想没有逻辑，我的感觉没有情感。我正在从高处的暗门坠下，穿过整个无垠的空间，一次没有方向的、绝对无限大的、空虚的下坠。我的灵魂是一个黑色的旋涡，是环绕真空的晕眩，是围住虚无中一个大洞的巨大海浪冲击。翻滚的海水里浮现出我在世上见过、听过的一切——房屋、面孔、书箱子、片断的音乐和人语，全在一个无底的险恶旋涡里。

在这大混乱之中，我，真正的我，是只有在深渊几何结构里才有的中心点：我是一切旋转物所环绕的虚无，只为它们的旋转而存在，只因为一切圆都要有圆心而存在。我，真正的我，是一口井，没有井壁却有井壁的黏性，是万物的中心而周围却空无一物。

似乎在我里面大哭的并不是魔鬼（最少，魔鬼有人的面孔）而是地狱本身，是死去的宇宙的嘶哑叫声，是旋转着的物质空间的尸体，是飘荡在风里的黑色世界末日。没有形状，没有时间，没有创世的上帝，甚至连自己本身也没有。在绝对的黑暗里不可能地旋转，作为唯一的现实，万物。

但愿我懂得怎样思想！但愿我懂得怎样感觉！

母亲死得太早，我从未真正认识她……

（1931.12.1）

"起先是一种声音……"

起先是一种声音在黑夜的万物空洞中发出另一种声音。接着是低沉的嚎，伴着街上招牌在半空摆荡的吱嘎。之后，空中的声音变成叫喊、咆哮，而万物战栗，摆荡停止，其中有大惊怖的静寂，像无言的惊怖目送最初的惊怖远去。

之后，什么都没有了，只有风。我睡眼惺忪，看见门板在门框里战抖，窗玻璃大声抗议。

我没有睡。我处身于存在与不存在之间。仍然有残余的意识。我有睡意，但不昏沉。我不存在。风……我醒来又睡去，其实并未入眠。一幅含糊的强音风景，风景之外的我是自己眼中的陌生人。我小心翼翼，怀着也许会入睡的喜悦。我睡了，但不知道是不是真的已经入寐。在似乎是睡眠的状态中，老是有一种万物完结的声音，黑暗中的风声，如果细心倾听，还有我自己的肺和心的声音。

"让我们连手指尖也别碰生活……"

让我们连手指尖也别碰生活。

让我们连想也别想恋爱。

但愿我们永远不知道女人的吻是什么感觉，即使在梦里。

病态的匠人，让我们显功夫教别人怎样消除幻象。生活的旁观者，让我们在所有的墙头窥看墙内，因为早已知道不会看到任何新鲜美好事物而预先感到厌烦。

编织绝望的织工，让我们专心织造裹尸布——白色裹尸布留给我们从未做过的梦，黑色裹尸布留给我们弃世的日子，灰色裹尸布留给我们只在梦里做过的手势，而高贵的紫色裹尸布则留给我们毫无用处的感觉。

在山上，在山谷里，沿着多沼泽的（……）岸，有猎人在猎杀狼、鹿和野鸭。让我们厌恨他们，不因为他们杀生，只因为他们享受生活（而我们不享受）。

让我们的面部表情展露苦笑，像想哭的样子，展露茫然的眼神，像不想看的样子，而且五官都表示鄙夷，像蔑视生活，只为蔑视生活而活的样子。

让我们把鄙夷送给工作并且奋斗的人，把厌恨送给存着希望和信任的人。

"我几乎可以肯定自己从来没有醒过……"

　　我几乎可以肯定自己从来没有醒过。我不知道自己日常过活的时候是不是在做梦，或者做梦的时候是不是过着日常生活，或者有意识的我是不是由梦与日常生活综合混合的东西共同组成。

　　有时，在我过着活跃生活并且对自己的认识跟任何人一样清晰的时候，心里会浮起古怪的感觉：我开始怀疑是不是真正有我这个人，我是不是别人的梦。我可以想像，似乎亲身经历一样生动，自己是小说里的人物，按照小说的冗长风格在情节复杂的现实结构里活动。

　　我发现一些虚构的人物往往比那些在可见的现实生活中跟我们交谈的友人具有更鲜明的色彩。这发现使我产生一种幻想，觉得在世界这个总和里的一切分子，可能是互相联结的一串串梦和小说，就像小盒子装在大盒子里而外面还有更大的盒子，一切是由许多故事组合而成的故事，像《天方夜谭》，在没有尽头的夜里不真实地展开。

如果我思考，一切都会显得荒诞；如果我感觉，一切都会显得陌生；如果我要求，那是因为我里面的什么在要求。无论我有什么行动，肯定都与我无关。我做梦的时候好像被人描写。我感觉的时候好像被人绘画。我有需要的时候好像被人当作货物一样装运，而我继续用大概是自己的动作前往一个我不想去的地方，直到抵达目的地。

　　一切多么混乱！只看不想，只读不写，多么好！我听见的可能不真实，但我并不把它看作属于自己。我所读的可能使我沮丧，但我不必因为自己是作者而觉得难受。作为清醒的思想者，作为已经达到"我知我所知"的第二意识层次的观察者，所见的一切是多么使人痛心！虽然天色明丽，也不能阻止我有这种想法。思考还是感觉？背后的舞台，难道还有第三种道具？黄昏的沉闷和混沌，合拢了的扇子，不能不生活的厌倦。

　　　　　　　　　　　　　　　　　　（1931.12.20）

"我们一路走着……"

　　我们一路走着,那时候还年轻,在高大的树下面,在森林温柔的细语里。在我们漫无目的地走着的路上,有时突然出现的空地,在月色里就像池塘一样,枝条交缠的池岸比黑夜更黑夜。林地的风在树丛之间叹息。我们谈论一些不可能的事情,我们的声音是黑夜、月色和树林的一部分。我们听自己的声音,它们似乎属于别人。

　　阴暗的树林不是完全没有路的。我们的脚步本能地沿着小径踏进错落的黑影和一线线冷硬的月光里。我们谈论一些不可能的事情,而这整个现实的景色也属于同样的不可能。

"我们崇拜完美……"

我们崇拜完美，是因为我们得不到它；如果得到完美，我们会拒绝它。完美是非人的，因为人类不完美。

我们暗中对天堂怀着憎恨。我们的渴望就像可怜的穷人祈求天堂的田野。一个有感觉的灵魂所迷恋的，并不是抽象的狂喜或者绝对的奇迹而是家园和田地，蓝海里的绿岛，林中小径和老家农庄里的悠闲日子，尽管我们没有这些东西。假如天堂没有土地，那就宁愿没有天堂。宁愿什么都没有，宁愿让没有情节的小说完结。

为求达到完美，必须具有一种不属于人的冷淡，如此，他必失去爱完美的那颗人的心。

我们敬畏伟大艺术家追求完美的热诚。我们爱他们达到的接近完美，但是我们爱它，是因为它仅仅接近。

"金钱是美丽的……"

金钱是美丽的，因为它给我们自由。

想死在哪里而办不到，是给我大难临头那种沉重感觉的事物之一。

喜欢买非实用品的人，其实比一般人想像的更聪明——他们买的是小小的梦。他们在购买行为中变成小孩子。有钱的人在爱上这些不实用的小东西的时候，是怀着小孩子在沙滩捡贝壳那种喜悦去占有它们——形容小孩子快乐的最好形象。他在沙滩上捡贝壳！孩子眼里的贝壳，没有两颗是完全相同的。他睡觉的时候，手心里有两颗最好看的，要是它们丢失了或者被人拿走（罪过啊！他们拿走一点点他外露的灵魂！他们偷走一点点他的梦！），他会哭得像上帝被人抢去刚完成的宇宙。

"我的灵魂是一个秘密的乐园……"

我的灵魂是一个秘密的乐园，我不知道在我里面弹拨、敲打的是什么乐器——弦乐器、竖琴、钹、鼓。我只知道演奏的交响曲是我自己。

每种努力是一种罪行，因为每一个动作是一个死去的梦。

你的双手是被囚禁的鸽子。你的嘴唇是（在我眼前叫的）静默的鸽子。

你一切动作都是鸟。你蹲下的时候是燕子，望我的时候是秃鹰，装出高傲贵妇姿态的时候是苍鹰。我望你的时候看见一个有许多翅膀扑动着的水池……

你不是别的什么，只是翅膀……

下雨，下雨，下雨……

呻吟着，不断下着的雨……

我的身体甚至影响我的灵魂冷得打战，不是空气冷，是因为看雨看得冷。

一切欢乐都邪恶，因为寻乐是每个人生活中都有的事，而唯一的大邪恶，是干每个人都干的事。

"有些日子，我所见的人……"

　　有些日子，我所见的人，特别是每天都见的人，会显得有点象征味道，孤立地或者相连地，他们变成一篇预言或者神秘文字，暧昧地诠释我的生活。办公室是一页纸，里面的人是字；街道是一本书；我跟熟人或陌生人交谈的言语，是字典里找不到的，但我隐约可以理解。他们讲话，发表意见，但是不谈自己；像我刚说过的，他们是不透露意义的字，只让人瞥一眼。可是，在苍茫的视野里，我只能通过一些突然出现的玻璃表面，认出里面时隐时现的东西。像瞎子听人解说色彩一样，我并不确实知道，但可以领会。

　　在街上走着，不时会听到有人窃窃私语，话题几乎全是关于偷情的女人、偷情的男人、朋友的男朋友或者别人的女朋友。

　　这些人话的黑影（它盘占了大部分有意识的生活）使我恶心，充满被放逐到蜘蛛世界的痛苦以及突然发觉活在真正的人群里而被房东和整个社区的居民看作另一个房客那种羞辱。我以厌恨的心情望向杂物房后窗铁枝之外，看到别人的垃圾淋着雨，堆放在我生活的邋遢院子里。

"我经常关切的事……"

我经常关切的事，是要明白世上怎么会有别的人，怎么会有不属于我的灵魂，怎么会有跟我的意识无关的意识，因为就意识而言，我的意识应该是唯一的。在我面前的人，说的话跟我一样，动作姿势也是我习惯做或者可以做的，我完全明白他在某种意义上是我的同类。可是，我觉得，我想像中的插图人物、小说的主角和舞台演员扮演的角色，也是我的同类。

我相信没有人肯真心承认另一个人确实存在。我们也许会承认另一个人活着，跟我们同样地感觉和思想，但是其中永远有某种本质上的微妙分别，有某种物质上的不平等。我们会觉得一些历史人物和书里面的形象，比那些商店柜台后面跟我们交谈的冷漠身体，跟电车上偶然望我们一眼的乘客，或者跟发生意外的街道上擦过我们身边的人比起来都更加真实。所有这些人，在我们看来，都不过是一种景物，是我们熟悉的街道上的隐形景物。

有些书本里描写的人物和图片上的形象，我觉得比许多所谓有血有肉的形而上废物却被认为真实的人都更亲密更有血缘关系。"血肉"两个字用得十分贴切：就像肉店橱窗里的肉块，像活着、流着血的死物，命定的肢体和肉片。

我不会因为有这种感觉而惭愧，因为我发现每个人都有这种感觉。造成人与人之间相互的鄙视和冷漠的，是谁都没有面对别人也有灵魂这个似乎太深奥的事实，致使他们能够像不知道自己在杀人的杀手一样，或者像不知道自己在做什么的军人一样互相残杀。

在某些日子，在某个时刻，不知道从什么地方吹来的风，不知道为我打开的什么门，会让我突然发现，街角那家杂货店的主人是有思想有感情的个体，而此刻在门口那袋马铃薯旁边弯着腰的、他雇用的那个年轻工人，是一个真正能够感觉痛苦的灵魂。

昨天人们告诉我香烟店的店员自杀死去的时候，我觉得是个谎话。可怜的人，他也在世上活过！我们忘记了这一点。我们每个人，认识他的和从来没有见过他的，对他的了解都一样。明天我们会忘记得更多。但是他显然有灵魂，因为他杀死了自己。感情？忧虑？当然……可是对于我，犹如对于全人类，记得的只有他的傻笑和一件两肩高低不平的粗呢外衣。那就是这个人留下的全部，一个能够感觉深切到自杀的人，因为除此之外还有什么自杀的理由？我有一次向他买香烟的时候曾经想到他很快就会秃头。结果，他没有时间变秃。这是我对他的一点记忆。还可以有什么记忆呢，即使这一点，也不是关于他的记忆，只是关于我的想法的记忆。

我突然看见他的尸体，放尸体的棺材和下葬的那个陌生的坟地。我醒悟到那穿一身薄薄歪斜大衣的香烟店收银员，在某种意义上就是全人类。

只是一瞬间的事。现在，今天，清楚得像我这个人，我知道他死了。就是这样。

不，别的人不存在……翅膀沉重的落日只为我流连，它的颜色生硬而迷蒙。夕照里的大河只为我闪亮；尽管我看不见它流动。此刻正在潮涨的河流前面的广场是为我建造的。香烟店收银员是今天在公墓下葬吗？那么，今天的落日不是为了让他看的了。可是因为我这样想，太阳违反了我的意愿，停止为我沉落了。

（1932.1.26）

"夏季将尽……"

夏季将尽，太阳的热力已经不那么猛，秋季还未开始，天气却入秋了，有一种无尽的、模糊柔和的悲伤，似乎天空不想笑了。它高贵的蔚蓝失去一些实质，有时变得浅些，有时变得绿些。云的淡紫调子也有一种遗忘的味道。它们经过的寂寞空间，以前充满昏睡，如今充满烦闷。

当并不寒冷的空气出现寒意，仍然鲜明的色彩变得有点暗淡，风景蒙上阴暗和遥远的色调，而物件的轮廓线条变成模糊，秋天就真正开始。这时候死亡尚未出现，可是万物——像未成形的微笑——已经怀恋地回望生命。

秋天终于完全降临。空气转冷而且多风；树叶虽然并不干燥，却发出干燥的声音；土地的颜色变成跟游移的沼泽一样，形貌也同样难以捉摸。原来是最后的微笑，现在是下垂的眼皮和中止的手势。于是，有感觉的一切，或者我们以为有感觉的一切，现在都把自己的告别紧抱胸前。院子里旋卷的风声，吹进我们的意识成为另一种东西。病后复原的感觉吸引我们，因为，最少，那是领会生命的一种方法。

　　可是，在深秋落下的冬天的早雨，粗鲁地洗掉了所有中间色调。大风咆哮着冲击被固定的东西，搅动拴住的东西，吹走可以移动的东西，在滂沱雨声里宣读无名无言的抗议，悲哀而近乎愤怒的、沉郁绝望的声音。

　　最后，秋天就冷淡地、灰溜溜地完了。随后来的是一个冬季的冷天，尘末变成泥，不过，也可以预先体会隆冬寒冷的好处；酷暑过去了，秋天快到，而现在秋天终于转化为冬天。在高高的天上，暗沉的色调不再让人想到酷热和伤悲，一切都有利于黑夜和冥想。

　　这是我未经思索的印象。今天把它写出来是因为刚好记起它。我现在过着的秋天是已经失去的秋天。

（1932.1.29）

"我不知道有多少人曾经以应该
集中的注意力……"

　　我不知道有多少人曾经以应该集中的注意力观察有人行走的空街。从句法来看，这句话似乎想说明一些另外的事情。确实是这样。空街不是没有人行走的街而是人们把它当作空街而去那里走动的街。只要你见过，这话就不难理解：只认得驴子的人不会明白斑马。

　　我们的感觉随我们的理解和理解的程度而改变。理解有多种方式，要明白这些方式，也有不同的方法。

　　有些日子，对于生活的厌倦、苦闷和焦虑，似乎从脚底一直上升到我的头顶，这时候我就想说生活不能忍受，但事实上我正在忍受。那是我的内在生命被绞杀的感觉，是每个毛孔都想成为另一个人的渴望，是对末日的短短一瞥。

"被落日遗弃了的水面……"

　　被落日遗弃了的水面仍然闪烁着的金光，在我厌倦的表面上盘旋。我看见自己，我看见想像的湖，我在那湖里看到的是自己。我不知道怎样解释这个现象或者这个象征或者这个我看到的我。可是我知道我看见，即如在现实生活里看见一样，山后的太阳以垂死的光线照射这个闪着暗金色的湖。

　　思考的危险之一是在想的时候看东西。用理性思考的人会因此分心。用感情思考的人是睡着了的。用欲望思考的是死人。我呢，只用想像思考，内心的理性、悲哀和冲动，都被压抑成为遥远而毫无关系的东西，像有夕阳余晖短暂流连的、这个被岩石包围的、没有生命的湖。

　　因为我静止，水面就颤动了。因为我动念，太阳就隐没了。我闭上沉滞渴睡的眼皮，一切都不见了，只有一个湖，在它浮着水草的闪光的深棕色水上，黑夜开始取代白昼。

　　因为写着字，我不说话。我的印象是：存在物永远在山背后另一个区域，有些伟大的旅程正等着我们，只要我们有足够的灵魂动身。

　　像我的风景里的太阳一样，我已经不在。我的所言所见，只残留一个已经落下的黑夜，在一个没有野鸭的低洼地带，充满没有生命的湖光，液态的死寂，潮湿而险恶。

（1932.3.28）

"我们梦见的东西……"

　　我们梦见的东西只有一面。我们不能绕着它们走动去看另一面是什么样子。现实事物的问题是，我们可以从各方面观看它们。我们梦见的东西，像我们的灵魂一样，只有看得见的一面。

"我不知道时间是什么……"

我不知道时间是什么。假设它可以计量，我不知道真正的计量方法。我知道时钟的计量是假的，因为它把时间当作空间一样从外面划分。我知道在情绪方面计量的方法同样也是假的，因为划分的不是时间而是我们自己对时间的感觉。在梦里计量时间的方式是错误的，因为我们在梦里不过轻轻擦过时间，有时从容，有时匆促，而我们在梦里的经历时快时慢，视乎在梦里流动的一种什么难明的东西而定。

有时我觉得一切都是假的，而时间只是一个框框，用以圈住时间之外的事物。我记忆中的过去，时间给安排在荒谬的层次和平面，于是在思想比较严肃的十五岁那年某次事件中的我，会比童年被玩具包围着的我更年轻些。

想着这些事情，我的脑袋就混沌了。我感觉到这里头有一种错误，可是不知道错在哪里。仿佛在看一场魔术表演，明知道是戏法，却弄不清楚用什么手法什么道具。

然后又出现一些荒谬的想法，可是又不能说它们完全荒谬。我想知道，如果一个人在一辆高速行驶的车子里慢慢地思考，那么他的速度是快还是慢。我也想知道，一个跳海自杀的人和一个从露台失足坠海的人，如果下落的速度相同，那么下落的时间是不是也相等。我又想知道，如果我在一段时间里吸烟、写字和浑浑噩噩地想东想西，这些行为是不是真的同时发生。

我们可以想像，同一条轴的两个轮子，位置总会一先一后，即使相差仅仅若干分之一毫米。显微镜会把这微细的差距放大到叫人不能相信——不可能的程度。而为什么准确的不该是显微镜而是我们可怜的视觉？

所有这些想法都派不上用场？的确是这样。理性的把戏？我不否认。但这无法计量而计量着我们的，没有实质而杀死我们的，到底是什么东西？当我连时间存在不存在都弄不清楚的时候，它就似乎是一个人，而我觉得想睡觉。

（1932.5.23）

"我看见春天来临……"

　　我看见春天来临，不在空旷的郊野或者大公园而在城里一个小广场几株干干瘦瘦的树上。那种青翠特别显眼，就像什么特别的礼物，愉快得像温暖的悲哀。

　　我爱这些藏在交通稀疏的小街之间的寂寞广场，它们自己也少行人。它们其实是废弃的空地，永远在已遗忘的繁忙之间等待着。它们是城市中的一点乡村味道。

　　我进入一个广场，走上通向它的一条街，沿同一条街回头走。从两个方向看广场是不一样的，可是同样的宁静忽然镀上惆怅的金色——第一次走出广场时看不见的落日。

　　一切都是徒然，那是我的感觉。过去的经历，都忘记了，似乎只隐约听人讲过。将来的我不能使我记起什么，仿佛也已经经历过而且忘掉。

　　落日的淡淡哀愁在我周围盘旋。一切变得阴寒，不是因为天气变冷，是因为我转入一条小巷，广场看不见了。

（1932.5.31）　195

"郊野永远是我们不在的地方……"

郊野永远是我们不在的地方。在那里，只有在那里，才有真的树和真的树荫。

生命是感叹号和问号之间的犹豫。句号解决怀疑。

奇迹是上帝的懒惰——或者应该说，是我们创造奇迹而归咎于上帝的懒惰。

上帝是我们永远不能做的那种东西的化身。

厌倦了一切假设。

"各自地，我们一起……"

各自地，我们一起沿着林子里弯弯曲曲的小径走。我们的脚步是划一的，整齐地踩踏铺在高低不平地面上那些半绿半黄的落叶，发出柔和的爆裂声，有一种陌生的感觉。不过，我们的脚步也是分离的，因为我们是两个头脑，唯一共通点是，整齐地踏着同一块共鸣土地的，并不是我们自己的身份。

已经入秋了，除了脚下的叶子，无论走到或者走过什么地方，我们都听到沙哑的风声混杂着其他落叶或者树叶的声音。林子里只有林子，因为它挡住了一切风景。可是对于我们这些人，唯一的生活就是在垂死的土地上杂乱而整齐地走的人。这是个不错的去处。我想这是日暮时分，今天或者任何一天或者所有日子的日暮时分，在一个秋天也就是所有的秋天里，在一个象征和真实的林子里。

连我们自己都说不出什么家庭、职务和爱被我们留在后面。在那一刻，我们不过是已遗忘与未知之间的过客，是保卫已经放弃了的理想的徒步骑士。加上持续的践踏落叶声和永远

197

沙哑的断断续续的风声，这就说明了我们离开或者回归的原因。既然不知道小径是什么，不知道为什么，所以我们也不知道是正在来还是正在去。在我们周围，持续的看不见的叶子飘落不知道什么地方的声音，伤感地诱哄林子入睡。

虽然我们互不理睬，却也不会独自向前行。我们都有一种迷糊的感觉，这种感觉使我们成为同伴。整齐的脚步声帮助我们各自思想，如果是自己单人的脚步声，就不免想到另一个人。林子里到处有虚假的空地，似乎林子本身也是假的，或者很快就到尽头。不过林子和假象都不会完结。我们继续用整齐的步伐走着，在脚下落叶发出的声声周围，我们听见叶子轻轻飘落，在包含一切的林子里，在宇宙的林子里。

我们是谁？我们是两个人还是两个人合成的一个人？我们不知道，我们不问。淡淡的太阳光，相信是有的，因为林子里还不暗。模糊的目的，相信是有的，因为我还在前行。世界或者什么，相信是有的，因为有林子。然而那是什么或者可能是什么，我们却不知道。我们这两个不断合拍地踩着枯叶走路，倾听着落叶的两个不可能的无名氏，如此而已。不可思议的风里那种有时粗暴有时温柔的低语，未落的叶子里那种有时响亮有时低沉的沙沙声，一种残余，一种怀疑，一个消失了的目标，未存在过的幻象——林子，两个步行者，和我，我不能肯定两人之中哪一个是我，或者两个都是，或者两个都不是。我观看——但没有看到完场—— 一场什么都没有存在过的悲剧，只有秋天和林子，永远沙哑而不稳定的风和已经落下或者正在落下的叶子。而仿佛外面真有一个太阳和白昼一样，在林子喧哗的静寂里，我们可以清楚看见——外面没有地方。

（1932.11.28）

"把羞辱提升为光荣……"

把羞辱提升为光荣，我为自己组织了一支痛苦和失落的游行队伍。我没有用痛苦造诗，我用它造我的随从。在开向自己的窗前，我怀着畏惧的心情观察深红色的落日和无端的悲伤的缕缕暮色，危机、重负和我天生不适宜生存的种种失败，在其中列成无目的的队伍走过。我未死的童心仍然在观看，兴奋地向着我为自己安排的马戏表演招手。只在马戏班表演的小丑逗他笑；他专心看特技和杂耍表演，似乎那就是生活的全部内容。于是，一个接近爆裂边沿的人的灵魂里面一切料不到的悲痛，一个被上帝舍弃的心灵里面所有无药可救的绝望，都在那无邪的小孩的睡眠中入睡了，没有喜悦，然而满足，在我房间里挂着剥落墙纸的四堵丑陋的墙内。

我走着，不穿过街道而穿过自己的悲哀。两侧的建筑物是环绕在我灵魂四周的不理解……我的脚步在行人路上发出丧钟似的可笑回响，黑夜里可怕的噪音，像棺材落进墓穴那种绝对的完结。

我抽身离开自己，发现自己是一口井的井底。

从来没有活过的那个从前的我已经死了。上帝忘记了那个我是谁。我只是一段无声的插曲。

假如我是音乐家，我会撰写自己的丧礼进行曲。我有太充分的理由！

"他用轻柔的声音唱……"

他用轻柔的声音唱一首遥远国度的歌。音乐使陌生的歌词变得亲切。听起来好像是灵魂的民歌，其实完全不是民歌。

隐蔽的歌词和人性的旋律说出在所有人心里但是没有人知道的东西。他似乎痴痴迷迷地、出神地唱着，就在街上。他的眼神好像看不见听众。

聚集起来的人群听着他唱，没有取笑的意思。那是属于所有人的歌，歌词有时告诉我们——某个部族已经失去的、关于东方的秘密。我们对市声听而不闻，在附近经过的许多小货车，有一辆竟擦过我的大衣。我感觉到，但没听见。陌生人的歌声里有浓郁的销魂力量，对我们的梦想或者失败有抚慰作用。这是街上的偶然事件，我们都注意到一个警察正在慢慢转出街角。他用同样从容的步速走近，在卖雨伞的男孩子后面站了一会儿，似乎发现了什么。这时候歌者就住了声。没有人说话。然后，警察走来干涉。

"旅行？活着就是旅行……"

旅行？活着就是旅行。我从一天去到另一天，从一个车站去另一个车站，我的身体或者我的命运就是火车，探头看街和广场，看人的面孔和动作，永远一样又永远不一样，像风景。

我想像，就会看见。旅行会有些什么？除非极度缺乏想像力，否则不必靠旅行去感觉。

"任何一条路，比方这条简陋的恩特普富尔路，都可以带你去到世界的尽头。"[①]但当我们绕过世界尽头转身走，结果还是回到最初起程的恩特普富尔路。世界的尽头跟世界的起点一样，都只是我们对于世界的概念。好看的风景其实在我们内心。只要想像，我就能造出它；只要造出它，它就在；只要它在，就能看见它，像看见其他风景一样。所以，何必旅行？无论在马德里、柏林、波斯、中国、北极或者南极，我除了在自己里面，在自己这种特别的感觉里面，还可以在什么地方？

生活是由我们塑造的。旅行是旅客。我们见到的并非我们所见而是造成我们的东西。

---

① 英国作家托马斯·卡莱尔（Thomas Carlyle）的名句

"现代事物包括……"

现代事物包括：

（1）镜子的演变；

（2）衣橱。

我们已经进化，灵肉两方面，成为穿衣服的生物。因为灵魂永远配合肉体，所以自己会造出一套无形的服装。我们已经进步到拥有一个基本上穿衣服的灵魂，正如——作为肉体的人——进步到成为穿衣服一类动物。

问题不仅仅在于衣服已经成为我们不可分割的部分，问题在于衣服的复杂性，以及衣服跟我们的体态动作是否自然高尚，竟然全无关系。

假如有人问我，是什么社会因素使我的灵魂处于现时的情况，我会默默指向一面镜子、一个衣架和一支笔。

"人不应该看得见自己的面孔……"

　　人不应该看得见自己的面孔——最阴险的事情莫过于此。人本来有一种天赋，就是看不见它，不能直视自己的眼睛。

　　人只可以在河水和池水里看自己的面孔。要这样做，他必须采取一种有象征性的姿势。他必须弯腰，俯身蹲下，才可以进行看自己这种卑下的行为。

　　发明镜子的人毒害了人类的心灵。

"只要我们明白世界是幻觉和假象……"

只要我们明白世界是幻觉和假象，就会明白我们遭遇的一切都是梦，是我们入睡时以假作真出现的东西。对于生活中的一切困厄和灾祸，我们会用微妙、深沉的淡漠对待。死去的人转过街角了，因此我们再也见不到他们；受苦的人在我们眼前经过，假使我们有感觉，那是噩梦，假如我们思考，就是不愉快的白日梦。甚至我们自己受的苦亦无非同一种空虚。在这个世界上，我们向左边侧睡，即使在梦里也听得见自己压抑的心跳。

没有别的……一点阳光，一阵轻风，远处几棵树，快乐的欲望，时间流逝的惆怅，永远充满疑点的科学，永远找不到的真理……就是这样，没有别的……没有了，没有别的……

（1934.6.21）

"我没有吃午餐……"

我没有吃午餐——我每天都要说服自己这是必须做的事——却走去看塔古斯河然后经原路回来，甚至不想假装看河对我有好处。……

花时间去生活是不值得的。生活只值得看。不生活而看得见会带来快乐，但这并不可能，正如我们梦想的一切。不包括生活在内的欢乐该是多么大的欢乐！

最低限度，要创立一种新的悲观主义，一种新的负面思维，借此让我们得到一种幻觉，以为自己有些东西——虽然不是好东西——可以永远留存！

"我看梦里的风景……"

我看梦里的风景，跟真实的风景同样清晰。假如我探身到梦之外，也等于探身到什么实物之外。假使我看见生活经过，我的梦就有内容。

有人谈论另一个人的时候说，他在梦里见到的人物，形状和本质都跟现实生活所见的一样。就能理解有些人会这样说到我，但我不同意。对我而言，梦里的人物跟现实的人物不完全相同。它们是平行的。每一种生命——梦里的和人世的——各有本身的真实性，二者都同样正确。然而又有差异。好比距离近的物件相对于距离远的物件。梦里的人物距离我近些，可是……

附录

给马里奥·德·萨卡内罗的信

（马里奥·德·萨卡内罗是多次与佩索阿合作写诗的前卫作家，此信发出后一个月，该作家在巴黎自杀去世，享年二十六岁。）

我今天给你写信，是出于情绪上的需要——向你倾诉的痛苦渴望。换句话说，没有什么特别的事情。只有一句话：我今天发现自己处身于绝望的无底洞的洞底。这句荒谬的话说明了我的境况。

今天是许多"永远没有未来"的日子之一。有的只是一个静止的现在，困在忧愁的围墙里。彼岸永远在河的另一边，不在我们这边。我所受的苦全部来自这个根源。许多船航行去许多港口，就是没有一只船去免于痛苦地生活的地方，也没有一个港口可以让人忘记一切。这种种都是许久之前就发生了的，但我的悲痛开始得更早。

在今天这种属于灵魂的日子，我全身每个感觉都觉得自己是个被生活虐待的、可怜的小孩。我被人遗弃在角落里，听得见其他小孩玩游戏。我手里残旧的低级玩具是一件低级讽刺的礼物。今天，三月十四日，下午九时十分，这似乎就是我的生命的全部价值。

从我这囚室沉默的窗口望出去，隐约看得见公园里本来吊在树下的秋千，都被抛到树枝上了，所以即使我幻想自己逃脱，也不能凭借荡秋千来忘记这一刻。

我此刻的心境大约就是这样，没有什么文学风格可言。像《水手》①里面那个守望的女子，我的眼睛因为念及哭泣而发疼。一点一点地，一滴一滴地，生活穿过许多罅隙刺痛我。这一切都用小号字体印在书上，书页已经脱线散落。

假使不是正在给你写信，我都不能不发誓，这封信是诚恳的，信里所有纠缠不清的疯狂念头，都是从我的感觉中同一时间涌出的。但你一定已经知道这曲不能上演的悲剧跟一只茶杯或一个衣架同样真实——完全属于此时此地——而且正在渗过我的灵魂，正如树叶的叶绿素。

这就是王子从来没有统治国家的原因。这句话十分荒谬。可是我在这一刻觉得，真正让我想哭的正是荒谬的话。

如果我今天不寄出这封信，也许明天再读之后会用打字机誊正，以便把其中一些句子和痛苦表情放在《不安之书》里面。不过，即使这样做，我写信时的真心和背后的悲哀宿命感觉都不会有任何减损。

这就是最新的消息。对法国开战也是最新的消息。不过，

---

① 佩索阿在1915年发表的独幕剧。

在此之前，痛苦早已在折磨我。在生活的另一方面，这一切应该都是政治漫画的标题。

我的感觉不属于真正疯狂，但无疑也属于一种由于受苦而产生的、类似放纵的疯狂，敏锐地享受灵魂的颠簸跌撞。

我想知道，感觉是什么颜色？

拥抱你一千次，你的

费尔南多·佩索阿

1916.3.14

再者：这封信是一口气写完的。重读的时候，我觉得，不错，明天寄出之前一定要做一个副本。我难得这样彻底地表达自己的心理——感性和知性两方面的态度，具有基本的颓丧倾向以及自我意识上一切特别的角落和十字岔路……

你同意吗？

给母亲的信

　　我近来身体不错，很奇怪，连情绪也不那么坏了。即使这样，却仍然受到一种隐约的不安所困扰，似乎灵魂长出疹子，只能称之为知识痒。除了用这种可笑的比喻，我无法向你解释我的感觉。不过这一切都跟以前有时向你提到那种无缘无故的忧郁不同。现在的心境是有缘有故的。我周围的一切正在消失、解体。我用这两个语词并没有伤感的成分。我是说，我每天接触的人正在经历或者将要经历转变而结束他们生活中的一个阶级。一切让我觉得——仿佛一个老人眼见身边的童年朋友一个一个死去，因而觉得自己离死不远——我的生活也会神秘地改变。我不是说变坏。刚好相反。但毕竟是一种改变，而从一种情况过渡到另一种情况，对我来说，是局部死亡；我们的一部分死去了，死亡和消逝的悲哀，不能不触动我们的灵魂。

　　我最亲密最好的朋友明天就要去巴黎——不是旅行，是移居。阿妮卡姨姨（附上她的信）很可能不久就要跟她快出嫁的女儿去瑞士。我的另一个好朋友要去加里西亚住一个长时期。

第二个好朋友要移居奥朴尔多。这样，在我的亲友圈子里，一切都在整合（或者解散）起来，把我孤立或者把我推上一条不确定的新路。甚至我快要出版第一本书这件事也会改变我的生活。我会失去一点什么——未有作品出版的作家身份。因为改变是坏事，所以向好的改变也只能是向坏的改变。失去负面的东西——一个人的弱点或缺陷——毕竟还是一种损失。母亲，请你想想，有这种想法的人，每日受痛苦的感觉煎熬，过的是什么生活！

　　十年之后，或者五年之后，我会是个怎样的人？朋友们说我会是当代最伟大诗人之一——他们这样说是根据我已经写出的而不是将来会写的作品（否则我不会转述他们的话……）。可是，假定他们说中了，我也不知道那有什么意思。我不知道那是什么味道。荣耀的感觉也许像死亡和一无所得，胜利的气味也许是腐臭。

1914.6.5

费尔南多·佩索阿语
（1888—1935）

完全的贵族化等于无政府。个人主义有极限。有些人没有可能个人化。

生命是庄严的，生命的问题是严肃的问题。谁都没有笑的权利。笑的都是蠢人——最少，在一段时间内。快乐是愚蠢的沟通方式。

地球上到处有邪恶，快乐是它的一种形式。

我告诉你：要行善。为什么？你会得到什么好处？没有，没有什么好处。没有金钱，没有爱情，没有荣誉，或者也没有心灵的平安。也许这些都得不到。那么我为什么说要行善？因为得不到任何好处，所以值得去做。

上帝是上帝本身最大的笑话。

我疑，故我思。

我们每个人都有未来主义的时刻，比方说，在我们被石头绊倒的时候。

在人生舞台上，整体而言，饰演诚恳角色的最能令人信服。

为艺术而艺术，其实只是为艺术家而艺术。

天才是上帝加于人的最大诅咒，受历练的时候，必须尽量不呻吟不哭泣，同时尽量体会它神圣的悲哀。